新 潮 文 庫

き こ と わ

朝吹真理子著

新 潮 社 版

9753

きことわ

永遠子《とわこ》は夢をみる。
貴子《きこ》は夢をみない。

＊

「ふたりとも眠ったのかしら」

さっきまで車内を賑《にぎ》わせていたたあいない会話もすでにとぎれて静まりかえっている。ひとしきりふざけあっていたが、長引く渋滞で貴子は眠ってしまった。すぐそばで立つ貴子の寝息を永遠子も聞くうち、意識は眠りに落ちこみかけていた。運転席から、「ふたりとも眠ったのかしら」と貴子の母親の春子《はるこ》の声があがる。永遠子はうすくあけていた目をつむる。後部座席を確認する春子の視線を瞼《まぶた》のうちでとらえる。目視しようのない春子のすがたをみている。夢のなかでの狸寝入《たぬきねい》りなどはじめてのことだと永遠子は思いながら、眠ったふりをつづけた。

二十五年以上むかしの、夏休みの記憶を夢としてみている。つくられたものなのかほんとうに体験したことなのか、根拠などなにひとつ持ちあわせないのが夢だというのに、たしかにこれはあの夏の一日のことだという気がしていた。かつて自分の目がみたはずの出来事にひきこまれていた。なにかのつづきであるかのようにはじまっていた。自分の人生が流れてゆくのをその目でみる。ほとんどそのときそのものであるように、幼年時代の過去がいまとなって流れている。とりたてて記憶されるべきことはひとつとして起こらなかったはずの、とりとめのない一日の記憶がゆすりうごかされていた。夢に足が引き留められている。永遠子は、隣で眠る貴子のしめった吐息が首筋にかかるのも、自分が乗っている車体をとりまくひかりも、なにもかも夢とわかってみていた。

永遠子は、夏になると、住んでいた逗子《ずし》の家からバスで二十分ほどかけて、葉山町の坂の上にある一軒家をたずねた。その家ではじめて貴子に会った。貴子は、母親の春子と叔父の和雄《かずお》と三人で東京から彼らの別荘であるその家に遊びに来ていた。春子と和雄は年子で仲がよく、いつも三人で葉山に来ていた。はじめは、新聞広告に出ていた管理人募集がきっかけで、別荘の管理人として働きはじめた母親の淑子《よしこ》に連れられて、永遠子はねっとりとした海の気を背後に、家にむかう坂道を上った。子どもが好きだという春子に誘われて、永遠子は、貴子がうまれる前から、たびたび葉山の家にかよっていた。春子が貴子をうんでからもそれはかわらなかった。年が経《た》つにつれ、永遠子一人で葉山の家にむかうようになり、最後は貴子と布団《ふとん》をならべて寝泊まりをしていた。貴子と永遠子が最後に会ったのは、二十五年前の夏。貴子が小学三年生で八歳、永遠子が高校一年生で一五歳だった。ふたりは七つ年が離れていた。一九八四年のことだった。

早朝から蟬《せみ》がわんわんと鳴き、今日もとびきり暑くなるだろうという兆《きざ》しをたたえているなか、永遠子は、春子と和雄と貴子の四人で、葉山の家から車で小一時間の三浦半島の突端にむかっていたのだった。風通しのよい岩場の濁りのはらわれた潮溜《しおだ》まりに手をいれた貴子は、海水温の上昇でうごきがとりわけにぶくなった赤なまこを水鉄砲がわりにぎゅっと握っては水を吐き出させ和雄にかけた。へたって水がでなくなると、またあたらしいのをつかみ、それをくりかえした。岸辺にちょぼちょぼと生えた芝のうえに腰をかけていた春子が野良《のら》猫をみつけ、貴子が車の中で食べ余した魚肉ソーセージをやりに、スカートの裾《すそ》をすこしたくしあげて猫のもとへとにじり寄った。永遠子は岩陰の黒と白とがまだらに重なりあう隆起海食台の地層にひかれて、飽きもせずそれをながめていた。なまこを持った貴子に追いかけまわされ、Tシャツも短パンもすっかり水浸しになった和雄が永遠子の方にむかってくる。

「長袖《ながそで》だと暑いよなあ」

和雄はひかりよけのカーディガンに袖を通した永遠子をいたわるように言った。

「暑くないよ」

日光にかぶれやすかった永遠子は、夏の外出時にはいつもおおきな日よけ帽をかぶり、色の濃い長袖のカーディガンを羽織っていた。永遠子は、ほぼ水平に堆積《たいせき》したさまざまな年代の地層をひとつひとつ説明し、千二百万年前から四百万年前にかけて堆積した海底火山の溶岩が冷えて固まった黒がちのスコリアや、そこに挟まる火炎状にゆらいだ白いシルトの荷重痕《かじゅうこん》をなで、これは水深三千メートル下で起きた運動の痕跡なのだと中学時代に教わった知識を和雄と春子に披露した。

「あの白っぽいのはいつごろの地層なの？」

春子は視線を遠くにうつし、ところどころ白くなっている鋭く切りたった岸壁を指してたずねる。

「あれは、海鵜《うみう》の糞《ふん》」永遠子は口に手をあてて笑う。

「えっ。白いところ全部？」

「そう。毎年渡って来るから岩肌が真っ白くなったの」

片手に一匹ずつなまこをつかんだ貴子が三人のもとに走り寄り、和雄に狙《ねら》いをさだめて、水を飛ばす。大仰にのけぞった和雄が貴子をつかまえる。

「うみういないね」

貴子は岸壁にちらりと目を遣《や》り、みるのは不可能なこととわかって、海鵜がみたいとごねる。ほんとうに関心があるのかないのか、「うみううみう」と鳥名を連呼する。とても小学三年生になったとは思えないと春子があきれる。

「貴子、渡りの鳥だからいまはいないの」

「やだ。うみうみたい」

海鵜は十一月の末から十二月にかけてこの土地に飛来し、春になると去ってゆく鳥なのだと、永遠子は貴子に教えた。

「きこちゃん、また、冬か春に、おいで。いっしょにみよう」

「また来ればいいだろ」

ふてくされてなまこを芝生にうっちゃろうとする貴子を和雄がたしなめ、潮溜まりに連れてゆこうとする。

「思ったより雲量があるなあ」

永遠子は「雲量」ということばを和雄の口から知った。ひと降りあるかもしれないと和雄は手をかざし、空をながめた。

「鳶《とび》だ」と、貴子も和雄といっしょにうっすらと口をあけて空をみている。

「ああしていると親子にみえるわね」

みあげる姿勢が同じだと、春子が永遠子に話しかける。しばらくして一面に雲がのし、ぽつぽつと雨が降りはじめた。和雄が、「春ちゃん、危ないから走るな」と制するが、春子は、「ぬれちゃうぬれちゃう」と陽気な声で、隣にいた永遠子の手をつなぐと、潮溜まりで遊びつづける貴子の手をとりにおうとつの激しいあらい岩場をかけった。車体の籠《こ》もった熱も夕立ぶくみの雲と風とですっかり冷やされていた。座席に腰をかけるなり、貴子は履いていた布靴をすぐに脱いで裸足《はだし》になった。春子も裸足じゃないと運転しにくいと言っておなじように靴を脱ぐ。春子と貴子とそろいの布靴を永遠子も履いていた。カンバス地の簡素なつくりだった。夢のなかで履いているまあたらしい布靴も、二十五年経ってすっかり黄ばんでしまった。永遠子は、四〇歳になったいまでもその靴を実家の下駄《げた》箱にしまっている。

四人は雨除《よ》けを兼ねてちいさな水族館に立ち寄った。こぽこぽとポンプから送り出される酸素の泡のひとつぶひとつぶがはぜる水槽の音と空調の音とが鳴り響くなか、水のみちているぶあついガラスに顔を近づけるほど視界はゆがみ、それに酔った永遠子はすこしはなれていくらか怠惰な目で回遊魚のえさ遣りやウーパールーパーをみていた。永遠子が、水族館の売店で絵本を立ち読みしていると、「ほしいの？」と背後から春子にたずねられた。高校生にもなって絵本にひかれているとはいえなかった永遠子は、「ちがうの」と一瞬口ごもる。春子は笑って、「貴子にもみせてやってちょうだい」と永遠子にその絵本を買って渡した。永遠子はひっついてくる貴子といっしょに車のなかに入ると、さっそくそれをめくりはじめた。「地球上にせいめいがうまれたときからいままでのおはなし」と印字された黄色い表紙の本の一頁《ページ》ずつ、本文も挿し絵の説明もゆっくりと声にする。目にもとまらぬ速さでいきものがうまれていた五億四千二百万年前の海の生きもの。カンブリア、オルドビス、シルル、デボン、古生代のいくつもの時の名を口にするだけで、いなくなってしまったたくさんのふるい生きもののすがたが目の前を過ぎて、ほんのわずかな間に何億もの時間が永遠子の身体《からだ》を通りぬけていくようだった。古生代の夏はどんな夏だったのか。忘れられた古代の記憶をゆりもどそうとする。永遠子の身体はいまに皮膚が透けはじめ、手も足も身のすべてがほどけてとうめいなくらげのような、なにからの支えもないただ水に押し流されてゆくだけの生体になりそうだった。葉山の家に戻る途中の国道一三四号線で渋滞につかまった。雨にまごつく歩行者のすがたや、工事現場の誘導灯がきれよく振られ、右へ左へとこきざみに赤い筋をひいているのを永遠子はぼうとみていた。停車した車のテールライトが着灯と消灯とをすみやかにくりかえす。ちらちらとひかりがとりかわる色相が車内にしのびいる。

遊び疲れてうとうとと目をとじたりひらいたりをくりかえしていた貴子の目に睫毛《まつげ》が入った。貴子の睫毛は長く、しょっちゅう目に入った。東京は空気が悪いから、いように睫毛が伸びるのだと永遠子は言いながら、ぽろぽろと片目から涙をこぼす貴子に顔をよせる。

「いたい」

貴子は、「東京にいると鼻毛も一日で伸びちゃう」と言いながら、目のあたりをこする手を永遠子がおさえる。貴子の下まぶたに、永遠子は自分の手をそっとあてる。

「つめたい」

永遠子の手はいつも冷えていた。

「とれた」

貴子は大粒の汗と涙とでぐずぐずになった顔で、「ありがとう」と抱きついてくる。貴子の皮膚はやわらかく、虫にさされやすかった。貴子と身を寄せていると、貴子からたちのぼる蚊よけの薄荷《はっか》のにおいによって、永遠子は自分の肌からは日焼け止めの甘いにおいがしているのがわかった。

「とわちゃん」

頰をよせて貴子がなにかささやこうとする。秘密のはなしかと、永遠子がぐっと貴子のくちびるに耳をくっつけると、貴子が永遠子の耳にしめった息をふきかける。

「きこちゃん」

貴子の名を呼び、永遠子もわざと息をふきかける。たがいの息がかかるのがくすぐったく、のどを鳴らす。きこちゃん、とわちゃん、とたがいの名を呼び合いながらくちびるをとがらせて息をかけあううち、貴子は永遠子の腕にかみついた。永遠子が、「ぎゃっ」と叫ぶと、「だってかゆいんだもの」と生えはじめてうずく永久歯を、貴子は口をいーっとあけて永遠子にみせた。永遠子も貴子の腕をかじった。永遠子のほっぺを貴子は足の指でつねる。永遠子もまねをしようと、靴を脱いで指先をうごかそうとするが、貴子のように一本一本うまくはがれてゆかない。貴子が足の全指をぞろぞろとうごかして永遠子の身体をつねる。「ひゃっ」と息がもれ、ふたりはぐにゃぐにゃにもつれあう。運転席の春子が振り返り、低い笑い声をまじえて、そうしていると、どちらの腕が貴子なのか永遠子なのかがわからなくなると言った。

「わたしたちにもわからない」

貴子がそう言ってからまった足をくすぐると、永遠子がのけぞる。

「これはとわちゃんの足だった」

にやにやと貴子が笑う。永遠子も、これはどっちの足だと、貴子の足をくすぐりかえす。貴子が永遠子の頬をかむ。永遠子が貴子の腕をかむ。たがいの歯形で頬も腕も赤らむ。素肌をあわせ、貴子の肌のうえに永遠子の肌がかさなり永遠子の肌のうえに貴子の肌がかさなる。しだいに二本ずつのたがいの腕や足、髪の毛や影までがしまいにたがいちがいにからまって、どちらがおたがいのものかわからなくなってゆく。永遠子が貴子の足と思って自分の足をくすぐり、貴子も永遠子の足と思ってまちがえる。貴子の肌は熱い。永遠子の肌はつめたい。それもひっつきあううちに体温をとりかわし皮膚もかんたんにとけてゆく。薄荷と甘いにおいとがからがる。後部座席のシートでばたばたともつれあっていたが、貴子はまた間怠《まだる》くなって頭をがくりとおとした。永遠子の背後から後方車のヘッドライトが差し込み、永遠子の影は貴子にかぶさり、たがいの顔がみえなくなる。

「お金、渡しそびれちゃった」

「なに？」

「貴子が淑子さんに紅しょうがを買ってもらったらしいの」

「あいつまた食べたのか？」

「ひと壜《びん》全部。貴子の舌が真っ赤で、まさかひとりで食べるつもりだったとは思わなかったって淑子さんにあきれられちゃった。明日、帰る前にきちんと渡さないと」

「べつにそのくらい」

「だめ。一二〇円」

「春ちゃん、あと一日くらい居ようよ」

「あの人に悪いもの」

「義兄《にい》さんもすこしくらい仕事を休めばいいのになあ」

和雄は、また貴子が帰りたくないと永遠子にしがみついてさんざん泣きじゃくるに違いないと、うんざりした顔をした。

「ふたりとも眠ったのかしら？」

「眠ってる。貴子はよだれ垂らしてる」

夢がくりかえされている。あの夏の一日がいまとして流れている。永遠子は眠りの目のうちでさらに瞼《まぶた》をつむる。足先が冷えている。夢をみている永遠子の肉体そのものが冷えているはずなのに、車内の空調がききすぎているせいだと思えていた。このまま夢のなかで過ごしつづけることになったとしても永遠子はかまわなかった。これからさきに起こったはずの出来事も、この夏を機に貴子と会わなくなることも、夢のなかの永遠子は知っている。一生目覚めず、やがて眠りのなかの永遠子が、外の自分の年を追い越してゆくとしてもかまわなかった。

落語のラジオ中継から、どっと笑う観衆の声がひびく。春子が音をしぼる。

「これ、かけていい？」

和雄がカセットテープをかえる。聞き覚えのない音に春子が曲名をたずねる。

「E2－E4」

「チェス？」

「そう。棋譜が音楽になってる。E4からはじまってステイルメイトで終わる」

和雄はこの曲がどのような棋譜になっているのかを想像するのが愉《たの》しいと言った。

しばらく曲を聴いていた春子は、「じゃあ、C5」とブラインドチェスのまねごとをはじめる。「またその手ですか」と和雄がすぐに応《こた》え、ふたりは数手やりとりをすすめたが、「もうわからない」と春子がハンドルから手を離し、あっけなく降参した。ボビー・フィッシャーの書いたチェスの入門書まで貸したのにいっこうに春子は上達しないと和雄はごちる。麻雀《マージャン》なら負けないと春子が言う。

「盲牌《もうぱい》なら得意なのに」

それは全然意味が違うと和雄が笑う。

「盲牌なら俺もできる」

「ただ親指に牌を押しつけて痕をみているだけじゃない」

車内の黒い革張りのシートにこぼした貴子のよだれに、過ぎ去るライトや信号機が落ちてひかる。春子はなか指を曲げてハンドルをとんとんと機械的に叩《たた》いた。

「道、すいてきたわね」

音に合わせて道路灯が符のようにつづいた。たしかに時間のうえを走行していた。夢の時間軸ではいったいどの線上を走り過ぎているのか。エンジン音がひびき、どこかからつたう水のにおいに空気もしっとりと濡《ぬ》れる。車道はいちめん濡れてひかっていた。夏のどしゃぶりだというのに降る音をさせないのが夢のなかの雨だという気にさせた。貴子の寝息が永遠子には自分の寝息におもえていた。ふれあううちに、自分の息づかいもからまってしまったようだった。永遠子は貴子ともつれあったまま、いっこうにうごけなかった。腕も足もからみあい、髪も影もほつれているのか、うまくみうごきがとれない。貴子に眠りこまれ、その深呼吸に意識がとられ永遠子もうつらうつらしていた。髪がからがりあい、つなぎあう手も、自分のものであるはずの手がどれなのかわからなくなっていた。一度もながめたことのないはずの永遠子の背中を永遠子はじっとみている。貴子のまなざしがとりまいている。車は走っている。春子は貴子を妊娠しているとわかった日に、中古車店でたった一万キロしか走っていない、当時すでに生産終了していた、ヘッドライトが丸目のなめらかな黒い塗装の64年式シトロエンDSを、いままで乗っていた2シータのフィアットをその場で下取りに出して買った。ふかふかの車体であればうまれてくる子どもを乗せても安心だと思って即決したのだと話した春子の声がよぎる。誰の目でみているのかがわからなくなる。永遠子は貴子に、春子に、和雄にもまたスライドしてゆくようだった。しかし幾億年むかしのことも幾光年さきの場所も夢のなかではいつもいまになり、ひかりなどがのろいものにおもえる。過ぎ去った一日も百年もおなじように思えていた。いまとなってはほんとうのことかたしかめようのない記憶だった。音から音へとおもいがけなくつづき、どんどん背景がおしやられてゆく。

「こうしているうちに百年と経《た》つ」

春子の声が夢の路《みち》を通して、二十五年後の永遠子の耳にとどいた。呼吸音を残して空間がかしげ、春子も、和雄も、貴子も、永遠子も、車内のすべてがにわかにくずれていった。窓から流れていた光景も距離がこわれひずんで消えた。かわりに雨音がきこえはじめる。にわかにはげしくなる音にまぎれて、記憶の音の名残が、まだどこかでつづいていた。時は過ぎる。こうしているいまもかくじつに過ぎている。夢をみている間も、永遠子のただひとつの身体は現実の時間をたしかに刻んでいた。足は雨気のせいかすっかり冷えていた。永遠子は逗子の自宅マンションのソファに寝そべりながら、ベランダのピンチハンガーに吊《つ》るされてゆれうごく洗濯物の赤い靴下のひるがえりつづけるさまに目をやっていた。それが彩《いろど》りのではじめた紅葉のようにも思えた。時雨《しぐれ》というのは、葉を色づかせる染色の雨なのかそれとも葉を散らせてしまう雨なのかそのどちらなのだろうとぼんやりと考えていた。

「雨」

永遠子は自らのことばにはっとして起きあがった。雨が降っている。現実の音であったのかと、永遠子はいそいで洗濯物をとりこむ。さいわい雨は降りはじめで衣類はどれも濡れてはいなかった。とりこんだ洗濯物をソファにのせて窓をしめようと振り返ると、また同じように外に洗濯物がかかっている。置いたはずのソファの上の洗濯物は消えていた。永遠子はふたたびとりこむ。ソファの上にのせる。窓をしめようと振り返れば、また外にかかっている。とりこむ。今度はさきに足で窓をしめる。洗濯物をソファの上にはのせず、手でつかんだまま、確認のため、そろりと振り返る。つかんでいた洗濯物がこつぜんと失《う》せる。これもまたべつの夢だと気づいてからも、目のひらくのを待つより夢の身体が反射的にうごいてしまっていた。手や足がきりなくうごき、起きようと念じても、なかなか覚めないようだった。永遠子はまだソファの上で眠っている。雨音がしている。夢のなかでとりこみつづけた洗濯物をまた起きてとりこまなければならないのか。目をひらくと、母親の淑子が洗濯物をとりこんでいた。

「永遠子ったらとりこんでくれればよかったのに」

電話が鳴った。淑子は永遠子のうえにわっと洗濯物をのせて電話機に向かった。いつから降っていた雨なのか。洗濯物は濡れていなかった。永遠子は声に耳を寄せる。まだ身体《からだ》はうごかない。受話器にむかう淑子から、いましがたみていた夢のひとたちの固有名が発せられる。自分の身体がふたたび一五歳に変じてゆくように感じながら、小学三年生になった娘の百花《ももか》がもうすぐそろばん教室から帰ってくる、とも思う。それとも、今日はクラスメイトのれおなちゃんといっしょに通っているも水泳教室だったか。いつまでも瞼の重みも四肢の重みもとりはらわれずにいる。淑子が呼びたてる。雨、雨、とせき立てる。それはもうわかっている。その呼び声も雨音も呼吸もひずんでゆく。永遠子は目をつむりつづけるが、しきりと、声がきわだつ。

「あ」

窓の外には洗濯物がかかっている。右足にギプスをはめた淑子がケンケンをしながら近寄ってくる。淑子の飛翔《ひしょう》はみょうに高い。淑子は一ヶ月前に京浜急行電鉄新逗子駅の階段を踏みはずして転がり落ち骨折をしたのだった。いま、淑子がとりこんだすがたもまた夢であったのか。ひらいたはずの目は夢の瞼がおりたままだった。

ため息まじりに起きあがる。いまついたその息も、夢のなかでついているのか、現実の吐息なのか、わからなくなる。夢の外と内の差があるばかりでいずれにせよひとつの身体がついた息に違いはないのだった。庭先におりたち、もう何度もつかんでいたはずの洗濯物を永遠子は粗雑に引きつかみ、ソファの上にのせる。湿気た繊維の重みを腕が感じても、どこかで夢の可能性をいぶかっていた。夢のなかでとりこまれていたのにどうしてここではとりこまれていないのか。とりこんだ夢がそのまま現実にしれっと移行していてもよかったのだと、不合理なこととわかって永遠子は思う。とりこんだ洗濯物に赤い靴下はなかった。起きがけの夢越しにみていた靴下はどこにいったのか。ピンチハンガーにひっかかって風にゆらいでいたものは。赤い靴下をみていた時点では覚めていなかったということか。眠っていたはずの逗子のマンションもまた夢の景色だった。永遠子はマンションから車で五分の実家のソファで眠っていた。実家の洗濯物に赤い靴下はなく、かわりに、紅葉しはじめたイロハモミジが庭に植わり、その葉が風に揺らいでいた。ながい間淑子が管理していた葉山の家の鍵《かぎ》を受けとりに永遠子は実家をたずねていた。ソファにもたれているうち、いつの間に目をとじ、眠りについていたのか。「目をあけている時間の一割はまばたきをして目をつむっていることになります」とコンタクトレンズが乾きやすいことを相談したときに眼科医がたしか口にしていた。瞬《まばた》きの間に眠りに落ちこんだようだった。

実家を出ると、それほどの雨量でもないが、すこしずつ道のくぼみに水がたまりはじめていた。家の前を通る田越川の水位もわずかながらあがってきている。永遠子は、はやくマンションに帰ろうとすこし気がせいているのが自分でもわかった。三方は丘陵、残る一方は海にとりかこまれた逗子に住む永遠子は、いまに洪水で水底に住むようになるのではないかという漠然とした不安が、おさないころから身のうちにわいていた。結婚するときも、中古でいいからマンションに住みたいと夫に頼んだ。貴子と過ごした葉山の家がどこか安全な場所のように思えていたのは坂の上にあったからかもしれなかった。永遠子は自宅マンションに戻ると、ぐっしょりと濡れたベランダの洗濯物をとりこんだ。やはり、そこにも赤い靴下はなかった。百花はもう帰るだろうか。時計をみていると、娘もまた夢の人であるように思えた。さっきまで一五歳だった自分が四〇歳になっている。さっきまで娘とおない歳《どし》の貴子とふざけあっていたはずが、永遠子は自分が子どもをうみ、母親となっていることとに驚く。じきにそろばん教室から戻ってきた百花を永遠子は抱きしめて頭を撫《な》でる。たしかに自分の娘に違いはないのだった。それでも、いつの間に時が過ぎていたのか。ふと、いまいる正確な立ち位置があやふやになる。

「おなかすいた」

百花が手を洗いながら、夕飯の献立をたずねる。麻婆《マーボー》豆腐とスープだと永遠子は応じながら、夕食のためにまとめて手羽先を煮出し灰汁《あく》をとる。ダイニングテーブルで百花は足をぶらつかせながら、社会科のグループ学習の宿題をはじめる。「逗子市は地図でみるとイルカのかたちをしています」と百花が読み上げた一文に永遠子は驚いた。永遠子が小学生のころは、「逗子市は地図でみると大きな魚のかたちをしています」と教わっていた。永遠子にはそれがダンクルオステウスといった古代魚のすがたにみえていた。娘の代では、イルカのかたちをしているというふれこみにかわっている。しかし、あらためてプリントアウトされた地図のかたちをイルカだと思ってみれば、たしかにそのようにもみえるのだった。百花は「ダンクルオステウスってなに？」「油壺《あぶらつぼ》マリンパークにはいる？」といくつもの質問を永遠子にむける。永遠子は百花の部屋の本棚から、「大むかしの生物」図鑑と、夢のなかで読んでいたのとおなじ黄色い絵本をとりだし、「ディニクティス」とかかれた魚の骨の絵を百花にみせた。

「ダンクルオステウスじゃないよ」

「ひとがつけた名前だから、どっちでもいいの。むかしはディニクティスと呼ばれていた。いまはダンクルオステウス、もういない魚の名前。甲冑魚《かっちゅうぎょ》の一種で、全長は推定十メートル。どの絵も想像図ね。頭の骨以外はみんなやわらかい骨だったからとけてしまった。だから頭部しか化石がみつからないの。デボン紀の海にはたくさん泳いでいたのよ」

「デボン紀？」

ん ま え

およそ３５０，０００，０００ね

絵本に記された数字に、いちじゅうひゃくせんまん……と百花は指をあて、そのゼロの多さにとほうにくれていた。三億五千万年前から、それよりずっとむかしからいまにかけてたえず時間は流れつづけている。しかし、ほんとうにこのようなむかしが地球にはあったのか。もういない、絶滅した生きものが海を泳いでいたようなむかしがあることは、「なんだか気持ちが悪い」と百花は眉《まゆ》をひそめ、すぐに絵本をとじた。

すっかり宿題を終えた百花は、ソファに寝そべり漫画を読んでいる。永遠子は、麻婆豆腐を炒《いた》めながらウイスキーをひと匙《さじ》ふりかけた。それは春子に教わった調理法だった。毎夏つくる三浦で採れたとうがんを冷たくした煮浸しも、たしか葉山の家で春子から教わった。ほかにも、永遠子はいくつかの料理をならったはずだった。しかし、いまとなっては、どの料理が彼女から教わったものかわからなくなっている。鍋《なべ》からたちのぼる湯気越しに、葉山の家の光景をかさねていた。他所《よそ》にも母親が管理していた別荘の家に滞在していた同学年の少年とも遊んだことはあったが、それは習慣とはならなかった。葉山の家で、一日中、貴子と二階の和室で寝そべり、本を読む。それに飽きれば、散歩に出る。雲がただ流れてゆくのを目にする。雨けぶりになると軒に布を張ったように雨がおち、庭木をゆがませる。風の方位によってきままにざわめくしげったみどりの様子に、ふと葉を落とした冬枯れの景がかぶさった。一度だけ、冬に葉山の家をおとずれたことがあった。避暑のために建てられた石敷きの一階は、靴下を二枚履きしてスリッパを履いていなければとても歩けないほど冷たかった。貴子は真冬だというのに素足でそこを歩いていた。

数日間いっしょに過ごしたあと、泣きじゃくる貴子をなだめて、手を振りあって別れる。春子が他界してから葉山の家に貴子が来ることはなかった。当時の永遠子は、葉山の家以外の場所で貴子と会う可能性があることなど考えもしていなかった。しばらくは、「きこちゃんは元気だろうか」と永遠子は淑子に聞いたりもしていたのだが、先細りになる人間関係など生きている以上いくらでもあるから、貴子のことをしだいに忘れていった。

葉山の家をめぐる連絡はひさしく途絶えていた。今年の夏の終わりに、淑子のもとに「葉山の家を引き払うことにした」と和雄から一本の電話が入った。連絡があってから淑子は、十年ぶりに、葉山の家に風を通し、人が歩けるていどに庭師を入れ、水回りや室内の掃除をしにでかけた。これまで管理人の仕事に永遠子は関与したことはなかったが、淑子の骨折が治るあいだ、母親の代理で、管理人の仕事を引き受けることにしたものの、たいていの別荘は夏季のために建ててあるから、晩秋のころに仕事らしい仕事はなかった。葉山の家の解体作業の日が決まったと和雄から淑子に再び連絡があった。淑子から転送された、和雄と貴子の連名で送信されたメールをみて、永遠子ははじめて、「きこちゃん」が「貴子」という字をあてることを知った。永遠子は家を引き払う作業は自分が手伝う経緯を伝えた。十一月半ばの週末に、貴子と葉山の家で再会することに決まった。時間は午前十時。約束をとりかわすのも、ふたりだけで会うことも、はじめてのことだった。永遠子は、母親がとっておいた古い管理ノートをめくり、管理人費に、永遠子の分の交通費も上乗せされて支払われていたことをはじめて知った。貴子とは七つ年が離れていたから、ベビーシッターの役割をすこしは期待されていたのかもしれなかったが、当時の永遠子は貴子といっしょに遊んでばかりいた。永遠子は誰に頼まれるでもなく、自主的に葉山の家に出かけていたはずだったが、それはかえって春子や和雄に気を遣わせていたことになったのだろうか。春子や和雄からみれば、子どもがひとり増えただけだったのかもしれなかった。

当日、貴子との約束の時間よりずいぶんとはやく葉山についた。秋も闌《た》けたというのにあついくらいの陽がさしている。海はかわらずひっそりとしていた。おだやかな波はマリンスポーツに適さないからか、盛夏でも遊泳客はすくなかった。海浜に打ち上げられた外国製の空き缶や、波に洗われて摩滅したガラスを必死になって拾っては、貴子の父親が中学時代につかっていたという旧式の学習用顕微鏡で拡大し、波をうつしとったようなガラスに走る白い筋を熱心にみていた。晴れたり雨が降ったり、気象によって一瞬ごとにかわる海波に洗われることで物質は少しずつそのかたちを変えてゆく。ガラスに走る筋を気象の記憶のように思っていた。松林のなかで腰を掛けて、ままごとをしたり、まつぼっくりを拾っていた海浜公園を歩くと、葉山の家のひとびとと過ごしたいくつかの記憶がゆるやかにたちのぼっていた。

夏の明け方、タッパーにつめられたばかりの、おにぎり、叉焼《チャーシュー》、アスパラ、はちみつの味をきかせた卵焼き。それらがテーブルにふたつずつならんで置かれていた。鍋から大鉢にあがったばかりの手羽先のしょうが醬油色《じょうゆいろ》のてり。永遠子は野菜の甘酢漬けをつまみ食いしていた。寸胴鍋《ずんどうなべ》には、牛のすね肉と大根を一日弱火にかけた、薄いこがねいろのスープがはいっていた。春子がおたまでそれをすくい、水筒にそそぐ。湯気が立ち、塩とこしょうをすこし振って、栓を締める。その水筒もふたつ。弁当をリュックサックにつめたところまでは覚えていたが、行く先はどこであったのか。すぐ近くの海浜公園にでもでかけたのか。弁当のなかみのことしか記憶にない。後も先もない記憶だった。波音に過去をゆりうごかされる。永遠子は大人になった貴子のすがたを思い浮かべることができずにいた。貴子の顔が春子にとりかわりそれもにわかにくずれてゆく。玄関先でまったく見ず知らずの人が貴子を装《よそお》っていたとしても気がつかないかもしれない。貴子が、自分を永遠子であるとすぐに認識できるのかもわからない。二十五年も会っていなかったのだから仕方がないのかもしれない。それだけめいめいに生を歴《へ》てきたということだった。漠とした不安がのぼる。会わなかった歳月がながいものであるのかそうでないのかよくわからなかった。時を跨《また》ぎ、八歳の女の子が三三歳になったすがたなど想像することはまるでできないとも思うのだが、おそらく貴子もおなじことを考えているだろうと推《すい》した。

＊

電光掲示板に「逗子」と行先が着灯しているのをたしかめてからも、貴子はどこかおぼつかない気持ちのまま、時刻表通りに到着した湘南《しょうなん》新宿ラインに恵比寿《えびす》駅から乗車した。和雄から送付された葉山の家の測量図に目を落とし、断面図や平面図にしるされた窓の大きさ、いくついくらと坪単価のしるされてある敷地面積の総和数を無関心に一読してすぐに書類をしまった。週末の早朝だというのに、おもいのほか車内に人数《ひとかず》は多く、ドアの脇《わき》に背をもたせかけ、海辺の避暑地へとむかうのか心許《こころもと》なくなるほどありふれた街並みだけがえんえんとひろがる車窓をながめていた。かつては、母親の春子の運転する車に乗り、貴子は身体《からだ》がただ運ばれるのにまかせていた。東名高速が混まないうちに家を出ようと春子にせつかれて朝食をとり、自動車をあやつるすべをしらない和雄を途中で乗せ、三人で葉山にむかっていた。線路沿いの雑居ビルの「水」「雪」「店」と印字された磨《す》りガラスを中年の女が拭《ふ》いていた。いったいなんの店だろう。貴子は、麻雀《マージャン》店の看板のうえに一文字ずつ窓に貼《は》られた「雪」の一文字に目をとめる。夏涼冬暖の葉山にも、雪像をつくれるほどの雪が降った日があった。一度だけおとずれた葉山の冬の記憶だった。永遠子のうまれた日付が、雪博士と称された中谷宇吉郎がはじめて人工の雪結晶づくりに成功した日といっしょであったことを、天文学や気象学にくわしい和雄が教えたことがきっかけで、その冬、永遠子は熱心に雪結晶の本を読み、外をじっとみすえて降雪を待った。折良く降った雪を採取し、顕微鏡をのぞきこんでいた。角柱、樹枝、扇形、六花、十二花、かたちの記憶はうすれていたが、結晶の名をくちにする永遠子の声をまだ耳はとどめている。水蒸気が雲のなかで、何日、ときには何週間とかけて氷結晶として育ち、質量を増した結晶は重力によってやがて地表へと落ちる。雨が凍るのが雪なのではない。そうした雪のしくみを永遠子の説明で貴子は知っていた。寒い日に息が白くなるのはちいさな雲をつくっているのと同じであること、あたたかい吐息の水蒸気が瞬時に凝結するからだとも永遠子は言っていた。「雪」の一文字がとうに目の前を過ぎさっても、永遠子が熱弁するとりわけ冷えた冬の日のことがよみがえっていた。海浜に降る雪は湿気ていたのか、東京よりすこし重かった。

葉山町の坂の上に建っていた家は、貸別荘であったところを、母方の祖母が株であてて購入したと貴子はきいている。祖母は貴子がうまれてすぐ他界し、ほとんど貴子の記憶になかった。別荘などと記せば通りがよかったが、部屋数だけがむだに多い、水平にひろがるふるい二階建ての木造建築で、祖母が買った時点ですでにボロ家に属する代物《しろもの》だった。海の気は風向きによってただよう日もないことはないというくらいで、室内にいると、とても海辺の別荘という趣はなかった。浜辺までは徒歩で十分、子供の足であればくわえて五分はかかった。勾配《こうばい》はそれほどでないとはいえ、だらだらとつづく坂道は、夏の盛りであれば行き来するだけで汗にまみれる。帽子を被《かぶ》っていても首の付け根が灼《や》け、軒を越す枝葉の影をさがして歩かなければならなかった。しかしさいわいなことに採光はことに良く、四方をめぐる木々もひかりにめぐまれ、内壁に細やかなくさりを曳《ひ》く波模様をえがき、室内は水の底にいるようにゆらいだ。庭の奥は人の踏み跡もないなだらかな雑木山につづく。キジバトの地鳴きや鳶《とび》の鳴くなか、三光鳥の囀《さえず》りもときには耳にすることができた。大学病院で外科医を務めていた父親はまとまった休みがとれず、心臓に疾患のあった春子はまわりからできるかぎり遠出は控えろと言われていた。貴子が夏休みに全く旅行ができないのは可哀想《かわいそう》だという理由で、夏の数日間を葉山の家で過ごした。

最後におとずれたのは小学三年生の夏休みだった。その翌年の春休みに、春子が呆《あっ》気《け》なく若死にし、葉山に向かう習慣は途絶えた。毎夏、和雄が葉山ではないところへと連れ出すようになった。貴子が通わなくなってからも、和雄や母方の親戚《しんせき》が使うこともあったらしいが、しだいに誰も通わなくなり、貸家にする話も持ち上がっては消え、管理人の淑子とも、十年ほど連絡を断っていた。売却の話題は散発的に上がっても、いつまでも具体的な動きにはならなかった。今年の夏、他所に売るよりはいくらか色をつけた値で買い取る用意があるらしいと、和雄が仕事の縁で売却先をみつけてきた。葉山に毎夏いっしょにでかけていたころの和雄は、大学をでてからも、学生時代からの趣味のオーディオやチェスに熱をいれたり、天文雑誌のコラムを書いてみたり、職らしい職をもたずに暮らしていたが、春子の三回忌の席で就職することを宣言し、オーディオ仲間の口利《くちき》きもあって、とある富家の資産管理会社に勤めはじめた。本業で役立っているのかは貴子には知るよしもなかったが、仕事で知り合った人のオーディオの設置などにしょっちゅう駆り出されていた。いまどきあの土地を買い取る人はいないだろうと和雄も貴子も売却をあきらめていただけに、いつでも好況のところはあるものだ、とあきれ半分に話した。立地条件の良い、海に近しいところはいくらでもあった。土をならしていずれ転売するのか、買い取り手が何のために使うのか、ふたりには見当がつかなかった。

貴子は和雄に言われるまで、永遠子が管理人の娘であったことを失念していた。えんもゆかりもないひとが毎年家をおとずれるわけはないとわかっていても、どういう関係に永遠子とあったのかを考えたことがなかった。

家を解体する日が近づいたころ、淑子が骨折をしたという連絡が永遠子から入った。そのメールではじめて永遠子の名字を知った。彼女が結婚していることも淑子と名字がことなっていることでわかった。貴子は永遠子の年齢に自分の歳《とし》を差し置いて驚いた。時は流れるものなのだから、当然のことだろうと思っても、一五歳だった少女が四〇歳になった時の推移にまごつく。貴子は生まれる前から永遠子に会っている。貴子が春子に妊娠されていたとき、脂肪のほとんどない春子の腹を布越しに永遠子は撫《な》で、「これからどんどん膨らむらしいの」と春子は永遠子の手をとって腹部に運ばせた。貴子が知りようもない過去に違いなかったが、生まれる前に貴子に触れているのだと永遠子から何度も聞かされるうちにその思い出が身のうちに入りこみ、いまはみたこともないその光景もすでに貴子の記憶となっていた。

逗子駅前のロータリーからバスに乗り、松影の重なる停留所を降りる。道の真向かいには、通っていた蕎麦《そば》屋がかわらず店をかまえていた。鴨《かも》せいろのすこし濃いめのつゆの味が貴子の舌によみがえる。永遠子のいない葉山は退屈が生活の基調だった。海を泳いだりする子どもではなかったから、おとずれた二日目の午前中にはだるさが身体をめぐっていた。三食とおやつが要事だった。ゆっくり坂を上ると、黒糖饅頭《まんじゅう》を売る菓子屋から餡炊《あんだ》きのにおいがただよう。春子と永遠子とが好んで食べていたその店の屋号をはじめて知った。貴子は黒糖饅頭を買おうと暖簾《のれん》をくぐったが、今日はあいにく用意がないと言われ、かわりに大福と栗鹿《くりか》の子《こ》を買った。軒《こ》と軒の細路の奥から浜風が抜ける。貴子は、ひとすじ脇にはいった裏路の奥で、小唄《うた》の一節〽うめのはな、と唄う女のゆらいだ声を永遠子とふたりで聞いたことがあった。どうも調子外れな習い人らしく、師匠の方は少し険だった様子で、なにかものをいう。そしてまた、〽うめーのーはなー、と軒端《のきば》からもれるのだが、何度もそこでつまずき、一向さきにすすまない。ふたたび貴子と永遠子がその路《みち》を通る。まだ、〽うめのはな、とやっている。響いては、師匠の、「はい、そこもう一回」という応酬がくりかえされる。蟬《せみ》が鳴きしきるなか、〽うめのはな、がながながきこえていた。ふざけてその一節を真似《まね》すると、ぴたりと音が途切れる。怒られるような気がして、ふたりはあわてて走った。

道の向こうから、赤いバケツを手にし、袖《そで》まくりをしたふたりの少女と貴子がすれちがう。貴子にとって葉山での唯一《ゆいいつ》の遊び相手は永遠子だった。会うなりかたわらにひっつき、片時も離れようとはしなかった。永遠子が帰るとずっとぐずりつづけるのに往生した春子が交通費をだして永遠子に来てもらっていたことを、大人になるまで貴子は知らなかった。

さびることとさえ忘れたのか、家はかわらず建っていた。もとは貸別荘であったからか表札はどこにもでていなかった。柱が柱としていつまでも屋根と床とを支えつづけているのが、貴子にはふしぎでならなかった。敷石をひとつふたつと踏みしめてゆく。ありうべき番地に家が存在することにたじろぐ。人も家も、時と世の移りゆくのにしたがい、かたちを変えるものなのだから、放置していた庭は鬱林《うつりん》と化し、甍《かわら》は崩落し、室内には蔓《つる》がよろめきまわるような幽霊屋敷の体をどこかで期待していた。それはあっけなく裏切られた。こわすことが惜しいなどとは思わないが、解体されて更地になることも、貴子には想像がつかなかった。

そしてひとつまたひとつと面影がたつ。身のうちのどこにおさめていたのか、置きどころも知れずにいたというのに、凝《こご》っていた記憶が、視線をなげるごとに、なにかしら浮かんでは消えた。追想というのが甘美さから逃れがたい性質を持つものであるとしても、さして甘やかにも感じられず、むしろ逆巻くようで騒々しかった。記憶のひとのすがたが立ちのぼり、横切る。あるいは通り抜けてゆく。現実を食い破ろうなどという気はないらしい。ひとまずあらわれて、退く。なにも幽霊がでたというのでも、いきすだまがとびまわるというのでもなかった。それらをみる目の持ち主である貴子自身の記憶がゆすりうごかされているのに違いはないのだった。

居間からひろがる一面の庭、柳に美男葛《びなんかずら》、百日紅《さるすべり》、名を知らない丈高の草木がきりなく葉擦れし、敷石の青苔《あおごけ》が石目をくくむ。はやばやと葉を落とした裸木のあるところは光線がじかに落ち、土がひかりを吸う。庭の奥はひときわ野放図に枝枝がかさなってゆく。うすみどりに照るところもあれば、青く翳《かげ》るところもある。貴子ははじめてこの庭の秋のすがたを知った。草陰のさらに向こうからタイワンリスが鳴く。かつてひとなれした狐狸《こり》がバーベキューをしているとごそごそあらわれいでたことが年代の失われた記憶として思い起こされた。バーベキューの埋み火に松毬《まつぼっくり》をいれると形を持したまま炭化すること、午睡からめざめると草木を透して永遠子の髪と畳に流れていた暮れ方のひかり、明け方、緻密《ちみつ》につむぎだされた蜘蛛《くも》の巣の露に濡《ぬ》れたのを惚《ほう》けるようにしてみあげたこと、一瞬一刻ごとに深まるノシランの実の藍《あい》の重さ。そのときどきの季節の推移にそったように、照り、曇り、あるいは雨や雪が垂直に落下して音が撥《は》ねる。時間のむこうから過去というのが、いまが流れるようによぎる。ふたたびその記憶を呼び起こそうとしても、つねになにかが変わっていた。同じように思い起こすことはできなかった。いつのことかと、記憶の周囲をみようとするが、外は存在しないとでもいうように周縁はすべてたたれている。かたちがうすうすと消えてゆくというよりは、不断にはじまり不断に途切れる。それがかさなりつづいていた。映画の回想シーンのような溶明溶暗はとられなかった。もはやそれが伝聞であるのか、自分の目の記憶なのか、判別できない。この家を行き交った人のすがたが、ほんのわずかなあいだ、喋《しゃべ》り、笑い、飲み食いなどして去る。そうした夏、あるいは冬の記憶がよぎる。自分の背後には死に際《ぎわ》の自分がみている走馬灯の目があるという子供だましなはなしをふと思い出す。この瞬間もまた、いずれ貴子の回想のひとつとして思い起こされるのかもしれない。貴子はプロパンガスの元栓の場所をはじめて知った。室内の掃除はすんでいた。台所の水錆《みずさ》びもすくなく、ていねいに巻かれた柱時計の振り子がしきりと揺れている。ひとしく流れつづけているはずの時間が、この家には流れそびれていたのか、いまになってすこし多めに時を流して、外との帳尻《ちょうじり》を合わせようとしているのかもしれなかった。待ち合わせの時間までにこの家の時間は外に追いつくのか。何の書き込みもないいまま、うっすら黄ばんでいるカレンダーが壁にかかっている。貴子は、身のうちに流れる生物時計と、この家の時刻と、なべて流れているはずの時間が、それぞれの理《ことわり》をもってべつべつに流れていたように思えた。また時計が鳴る。やはり鳴りすぎると貴子は思った。

＊

永遠子は約束した時間ちょうどに葉山の家の呼び鈴を鳴らすと、背の高い女が裸足《はだし》で玄関先からとびだしてきた。おひさしぶりからはじまる時候と社交辞令のあいさつも、身の置きどころの迷いからでるぎこちない早口のおしゃべりもなかった。

「百足《むかで》がでたの百足が」

「百足？」

やかんを火にかけたが、巨大な百足が台所の入口にあらわれてなかに入れない。じきに空炊きになってしまうと貴子は急ぎ足で廊下をすすむ。

「どこもさされてない？」

「それは大丈夫」

貴子は気の遠のいた声で優に三〇センチは超えた百足だと手でおおきさをしめした。

台所の入口の床は、円筒状に直径十八センチほどの塗装のはがれた跡があった。バーベキューでつかった鉄鍋《てつなべ》をうっかり置いたせいで塩化ビニール製の床が熱で溶けてめくれあがってできたことを、そのときの化学臭とともにふたりは記憶していた。めくれてコンクリートの基礎がむき出しになったところに地割れが起き、亀裂《きれつ》は地中にまで達している様子だった。そこに百足が挟まっている。やかんから沸騰《ふっとう》した音がつづく。意味をなさなかったであろうさびの出た殺虫剤の缶が転がる。薬剤を噴射されていきりたった百足は黒びかりする胴体をよじり触角をとがらせる。

暴れるごとに亀裂に食いこんでゆき、歩肢をはげしくざわつかせていた。

「ああ。これはおおきい」

永遠子は廊下に鞄《かばん》をおろすと、すこし助走をつけて、ぱっと百足をとびこえた。その高いジャンプ力に、なわとびが得意なひとであったことを貴子は思い出した。

「きこちゃん、百足みてて」

永遠子はごく自然に貴子の名前を呼んでいた。手早くガスを止め、やかんを持って百足に熱湯をそそいだ。床に湯気がたちのぼる。百足はのたうつこともなく一瞬で絶命した。

「うーん。わりとあっけない」

貴子は拍子ぬけしたように息をつき、しげしげと茹《ゆ》だった百足をみた。

「むかしはなまこも素手でつかめたのに」

「なまこと百足はべつものでしょう」

永遠子は抽斗《ひきだし》からてきとうな長さの割り箸《ばし》をみつけると、いかにも毎度のことといった落ち着きはらった態度でそれをつまもうとする。隙間《すきま》なくコンクリートに挟まった胴体を割り箸でひっぱると、肢のどこかがちぎれ、液臭がただよう。痛いくらいの臭《にお》いだと貴子が鼻をよじらせる。

「いきものだからね」

もう永いあいだ使っていなかった家は、虫御殿になっているだろうと貴子は想像していたが、しとめた百足はこの家にとどまっていたというより地中から這《は》い出してきたものだろうと思われた。室内は蜘蛛の巣すらろくにはられていなかった。

「ひとがいないのに」

「ひとがいないからよ」

虫も捕食するものがないから居つかないのだろうと永遠子は言った。

「百足はわたしの家にもたまにでるの」

永遠子にとってはなにひとつめずらしい虫ではなかった。一夏に一度は遭遇していた。この赤褐色の頭を持った百足はトビズムカデであると割り箸で頭部をつついた。退治法は熱湯にかぎる。洗剤をかけるとあとの床掃除が面倒で、つまんで外にだすにはおおきすぎる。家には子どもがいるから殺虫剤は心配でつかえない。熱湯をかけるのが実利にもっとも即しているのだと言った。永遠子の講釈に、「ほう」と感心した顔で貴子はうなずく。

「とわちゃんには、子どもがいるのね」

「女の子がひとり。今年、小学三年生になったの」

永遠子は「百花」とてばやくてのひらに漢字を書いた。桃花の季節にうまれたから、「ももか」にしようと夫が言った。名前を決めてから、本人が桃の花を好むかはわからないから、生きていればひとつくらい好きな花ができるだろうと考えて「百花」の字をあてた。

「今日、百花ちゃんは?」

「夫と油壺マリンパーク」永遠子は床に飛び散った水を古新聞を敷いて吸わせながら言った。

永遠子は貴子からティーカップを受けとり、ふたりはテーブルをはさんで腰をおろした。狂躁《きょうそう》の名残があたりにとどまり、百足のせいで再会の驚きはすっかりうばわれたとふたりとも笑う。

「とわちゃんの髪がみじかい」

「あ、そうなの」

永遠子は「ちかごろは」と咄嗟《とっさ》に口にしたものの、ショートカットにしてからずいぶんと経《た》っていた。

「百花が生まれてすぐに切ったの」

永遠子は、腰をくすぐっていた頭髪の重みを、まるで他人事の感触であるように、遠くで思い出し、短い襟足を手でなすった。貴子の髪はかわらずながく、胸のしたあたりまでまっすぐおりていた。

「きこちゃん、背、何センチ？」

貴子はティーバッグを買い忘れたとペットボトルに入った紅茶をやかんに注いで温め直したのをカップに注ぎながら、数字を一音ずつ区切って答えた。

「一七五」

「むかしから背高かったものね」

「とわちゃんは？」

「一五一・六センチ。きこちゃんに会っていたころと身長は同じ。伸びなかったの」

いっしょに過ごした最後の夏、ふたりの記憶ではたがいの背丈はほとんどおなじになっていた。髪の長さもおなじくらいで、後ろからみるとどちらが貴子で永遠子なのかわからないと春子と和雄から言われた。貴子は、背の高いところは春子に似たと言った。

「春子さんも背が高かったね」永遠子が懐《なつ》かしそうに応《こた》える。

「身体《からだ》は父親に似てわりと丈夫みたい。とわちゃんのお父さんは元気？」

永遠子の父親は時計屋につとめ、精密な時計の分解修理を得意としていた。貴子は一度だけ永遠子の父親に会ったことがあった。葉山の家の柱時計を直しているのを、永遠子とふたりでみていた。目の鋭いところは永遠子と同じだった。

「元気」

時計屋を退職し、いまは個人で仕事をつづけていると永遠子は言った。永遠子は、自分の父親は時計を分解して、掃除や壊れたところの修理をするのだと幼い貴子に言うと、うちの父親も人体を分解して掃除したり壊れたところを修理したりしているけれど、なんでもすぐに壊れるから大変だと貴子は大仰なため息をついた。仏頂《ぶっちょう》面《づら》で柱時計を直していた父親が、そのことばに口元をゆるませていたが、「すぐに壊れる」ということばは、春子の心臓のことを指しているように永遠子には聞こえていた。春子が死ななければずっとこの家で会いつづけたのだろうかという埒《らち》もない仮定が永遠子の頭をかすめた。永遠子は自分が春子よりも年上になっていることがふしぎでならなかった。過ぎた時間のことをかまえてはなしはじめれば、二十五年の歳月を互いに要し、現在にたどりつくまで半世紀かかる。永遠子は行きがけに買ったたいやきを貴子に渡しながら自分の二十五年間に、語るべき何かがあったのかを考えていた。焼きあがるのを待って買ったために、たいやきは袋のなかですこし蒸れて包み紙もしんなりとしていた。貴子はさっそく袋からだして食べながら、実は私も菓子を買ってしまったのだと、テーブルの隅に置かれた包装紙に目を遣《や》った。さほど甘党というわけではなかったふたりだったが、たいやき、大福、栗鹿《くりか》の子《こ》をすべて胃におさめた。途中、ペットボトル飲料特有の、砂糖入りの紅茶の味に辟易《へきえき》した貴子は、「白湯《さゆ》をのむ」と言って湯をわかした。貴子はむかしからジュースやコーラより、麦茶や白湯を好んだ。淑子の骨折の容態の話題から、永遠子は、正社員として数年間鎌倉《かまくら》の和菓子屋で働き、その店が百貨店に出店したのが縁で、その催事の営業を担当していたいまの夫と結婚したことをはなした。子どもの時には、語る身の上もなく、古生代の生きものがいたはるかな過去とおなじくらい昨日や明日も漠としていて、ありありとしているのはいまばかりだった。四〇歳という具体的な年齢が自分の身に到来する日は、千年先のことと同じだと思っていた。和菓子屋を退職したいまでも、めずらしい留め型をみつけるたびに一枚ずつ写真に撮っていると言って携帯をとりだし、たいやきや最中《もなか》の鋳型《いがた》も恐竜の化石とおなじくらい奥が深いと、鋳型の画像を「鱗《うろこ》の具合がちがう」と貴子にみせた。どれもおなじにしかみえない恐竜の足跡標本を、えんえんみさせられたころと同じ熱のこめ方で、貴子は、永遠子が片目をうまくつぶれずに顔をよじらせながら、顕微鏡で雪の結晶をのぞきこみ、熱心に貴子に説明するすがたを思い起こした。

売却先が決まった経緯を貴子がはなしていると、和雄がスーツを着て働いているところはまったく想像がつかないと永遠子は可笑《おか》しそうに口に手をあてるが、仕事に就いた和雄のすがたをすっかり見馴《みな》れていた貴子は、会社勤めをしている和雄をめずらしがっていることのほうが可笑しく思えた。貴子は、結婚もせず今年母親の享年《きょうねん》にならんでしまったと、中学生に国語を教えているという仕事の話が終わった後に呟《つぶや》いた。和雄も貴子もともに未婚だった。つきあっていた人と今年の夏に別れたばかりなの。貴子はことばが自然とのぼってゆくのを感じながら、それを押しとどめることをせずにいた。妻も子どももいたひとが相手であったことや、二人目の子どもがうまれると男からきいて、本妻のつわりを受けとり、愛人でありながらともづわりを起こしたこと、一時は、いっそいっしょに死のうと心中計画までたてた。母親はあれほど簡単にころっと死んでしまったのに、いざ自分から死のうとすると、なかなか死ぬことはむずかしかった。いまは別れてふたりともべつべつに生きている。貴子から発せられることばは淡々としていた。

「死ななくてよかった」と永遠子は言った。

貴子は口のなかが甘ったるいと白湯をすする。

「しばらく甘いものはいらないなあ」

「しょっぱいものもあればよかったね」

「梅干しとか、紅しょうがとか」

「紅しょうが！　小さいころ、死ぬ前にはなにが食べたいか聞いたときも、きこちゃんは、紅しょうが、って答えたんだよ」

どうしてそんな些末《さまつ》なことをおぼえているのかと貴子は情けない顔を浮かべた。

すでに和雄の荷物は引きとられていた。明日の午前中にリサイクルショップの店員にめぼしい家具や什器《じゅうき》があれば引き取ってもらい、二階に積まれた本と、春子が聴いていたレコードは梱包《こんぽう》して自宅に送る。あとは解体業者が更地にするときにまとめて廃棄するといった手配の段取りを説明し終えると、貴子は「謝礼」と書いた封筒を永遠子の前に差し出した。

「だめ。母親の代わりで来ただけだもの」

「それならなおさら」

封筒がふたりのあいだで行き来し、何度かのやりとりを経て、永遠子は観念して受け取った。ままごとではなく金の話をすることになるとはとふたりで言った。

「なつかしい」

納戸《なんど》からでてきた学習用顕微鏡はすっかりレンズは黴《か》びて曇り、使用に耐えうるものなのかはわからなかった。顕微鏡を最初に使うときは毛髪がみやすいと和雄に教えられて、たがいの毛髪をプレパラートのうえにのせてのぞいた。あくまでも学習用のちゃちなものであったから、図鑑に載るように、サハラ砂漠のように波線をえがくキューティクルを観察することはできなかったが、像のキレは悪くなかった。上蓋《うわぶた》のないビスケットの缶からは、油性マーカーや洗濯ばさみといっしょに、水族館の半券が丸められて入っているのを貴子がみせた。

「いっしょに行ったのかな」

雨に濡《ぬ》れたのか、半券のスタンプはにじみ、日付はすっかりわからなくなっていたが、永遠子にはそれがいつのことであるのかわかるような気がしていた。この日は夕立が降っていたから水族館に立ち寄ったのだと永遠子は言った。他にも、年季の入ったバーベキューセット、てきとうに押し込められた凧《たこ》やささくれだった日よけ帽子、赤いバケツ、ぬいぐるみ、ままごとキット、あやとりひも、ビニール製のなわとびひもといった遊具がダンボール箱のなかに雑にまとめられていた。貴子と永遠子は、あやとりをすると、かならずたがいの手にひもがからんだ。めいめい遊ぼうにも、あやとりのはしごもうまくできないふたりだったからすぐに遊ばなくなった。子ども向けの商品がまとう、いかにも遊具であるといった一種の媚《こ》びが気に入らないのか、生活用品や廃品のほうがじつに魅力的にみえていた。永遠子は、円形の蛍光灯を頭にかぶって貴子と走りまわり、春子にきつく叱《しか》られたのを思い出した。他人の子を叱ることの難しさを、永遠子は子どもを産んで知った。永遠子はビニール製のなわとびひもを、なにげなくつかんだ。持ち手は失われ、ひもだけ丸められていた。永遠子はひもを持ったまま後ろにさがる。貴子も後ろにさがる。七つ年の離れたふたりは背丈もジャンプ力もなかなかそろわず、ひもの両端を輪っかに結んだ円のなかに入って、電車ごっこをした。貴子の背がのびてからも、ジャンプをすると貴子の足はしょっちゅうひっかかり、大縄はいつまでもできなかった。

「これでつな引きしたね」

どちらがさきに口にするでもなく言った。

「身体にくくりあって遊んだのもおぼえてる?」

「うん。だって、とわちゃんは命の恩人だもの」と貴子が言った。

「なんのこと?」

「二階の屋根瓦《がわら》から、私が落ちかけたことがあったでしょう。危ないと思ったら、近くで本を読んでいたとわちゃんがくくっていたひもを引いてくれた」

永遠子は首をかしげる。

「このみじかいひもで?」

「そう」

貴子は屋根瓦の角に頭と尻《しり》を打ち、つむじのそばにちいさな疵《きず》をつくった。いまでもそれはすこしのこっていると言った。

＊

貴子が二階にあがっている間、永遠子は台所を片付けはじめた。備え付けのキャビネットに納められたテーブルクロスはどれも褪色《たいしょく》していた。モスグリーンと白のブロックチェックのテーブルクロスが畳まれてあるのをみて、それがテーブルにかけられてあったときの朝食にはゆで卵が添えられてあったことが、ぼんやりと思い起こされた。台所にかけられたままの一九九九年七月と赤字の入ったカレンダーをながめた。めくられずにいたカレンダーの方が正しいもののようにみえる。当時は、きちんと一九九九年で世界が滅亡すると思っていた。滅亡するはずの年からもう十年も経ってしまった。前にこの家に来たときと背丈はかわらないのに、時間ばかり経ってしまった。食器棚から欠けのない皿やグラスをえりわけていると、はめこみのガラスに、永遠子はひとのすがたをみとめた。ガラスで屈折した自分のすがたに違いないのだが、このひとをむかしもたしかにみた、と永遠子は思う。ゆがんだ自分の像がうつっているだけなのだが、ちいさなころも、この食器棚の前を通ると、いまみている自分のすがたとおなじような、年をとった大人のすがたが映りこんでいるように思えた。それは実像をさきどりしてうつっていたのではなかったか。いまこの瞬間の像を、四〇歳の永遠子を、過去の自分はながめていたのかもしれなかった。ならば、今度はこちらがおさない私をみる番だと、永遠子は食器棚の前を移動するたび、ガラス戸に目をうつした。二十五年の時を経てまなざしを交わし合おうとする。しかし、おさない自分などに会っても仕方がないだろうと永遠子は思えた。当時はコーヒー一杯飲めなかった。無類のコーヒー好きになった永遠子は、いまとなってはどうして飲めない時期があったのかすっかりわからなくなっていた。屋根から落ちかけた貴子を引っぱりあげたらしい記憶もすっかり失っていた。思い出そうにも思い出せず唸《うな》っていると、「ほんとうに引っぱってもらったよ」と貴子は二階に上がる前、つむじ近くにできた小指の爪《つめ》くらいのはげをみせた。永遠子は椅子《いす》から立ち上がり、「どこ?」と貴子の髪をかきわけると、たしかに一センチ程度のはげがあった。

「あ。はげてる」

「でしょう」

永遠子が髪の毛から指を離そうとすると、貴子の髪が指の付け根にからんだ。

このあいだの夢でもこんがらがっていたことを永遠子は思い返しながら目を細める。むかしとおなじことをしている。春子が貴子の髪をとかそうとすると、貴子は永遠子に結ってほしいとせがんだ。春子が今度は永遠子の髪をとかそうとすると、貴子は永遠子の髪は自分がすると言って、春子の手からブラシをうばう。永遠子はいつも貴子の髪をとかしては結い、貴子もまた永遠子の髪にふれた。貴子が髪をとかすと、きまって永遠子の髪にブラシがからがる。からんだ髪をほぐそうとして指を髪の毛にさしいれると貴子の指にも髪がからまり、春子はどうしてそんなにふたりともからがるのかとふしぎそうにしていた。春子が髪をとかすときはからまることはなかった。それは子どもの手だったからなのか。永遠子が娘の百花の髪をとかしていると、百花もまた永遠子の髪をとかそうとすることがある。子どもはひとの髪に触れたがるのかもしれなかった。百花の髪を乾かし終え、短く切りそろえた自分の髪にドライヤーをあてていると、「おかあさんにもしてあげるね」と娘が自分の櫛《くし》を持って近寄り、永遠子の髪に櫛をあてはじめた。短い髪は歯の間をすぐにすりぬけてゆく。それでも満足そうに百花は永遠子の髪をなでまわした。永遠子は淑子の髪がちかごろうすくなったことを、永遠子の祖母が入院したときに淑子が発したことばとともに思いだした。淑子は母親である祖母の髪をとこうとして、その毛髪の一本一本があまりに細く、地肌もすっかり透けてみえることに胸を痛めて、病院をでて帰る道すがら、おもわず涙をこぼした。永遠子は娘に毛をつくろわれながらそのことを思い返していた。母親の髪を今度は娘がとかす。淑子が胸を痛めるように、いつか百花も老いた永遠子の髪に櫛をいれようとして、哀れに思うのかもしれなかった。髪をとかしあうと、動物が毛をつくろいあうのと同じで、なまじ血ばかりが似かよっているより、遺伝子や血液の糸ではない糸として、つよくつながれてあるようにも感じる。そうすると貴子との関係もいくらか他人より深いということになるのだろうか。永遠子には貴子と同年にあたる七つ年下の妹がいたのかもしれなかった。うまれてこなかった妹と貴子とどちらの方がつながりがつよいのか。ゆきがかりででた淑子のことばを、二階から響く貴子の足音に重ねた。

淑子は、アイスクリームがのっているのはみつまめとあんみつのどちらだったのかが思い出せないと突然の告白の後に言った。

「お母さんには、むかし、いいひとがいたの」

みつまめに餡《あん》をのせればあんみつでアイスクリームをのせたものには別称があると永遠子は思うが、すぐにくちびるはうごかせなかった。百花が小学校に入学した春のことだった。永遠子の夫がつとめる百貨店と同系列の別店舗に淑子とでかけていた。淑子は麻製のパンツを一本買い、裾《すそ》直しは一時間もあればできるというので、半端《はんぱ》な時間をつぶしに食堂に立ち寄った。永遠子はコーヒーを、母親はメニューをめくり、あんみつを頼んだ。お茶だけなら階下の喫茶店でもよかったねと、はなしていた。買ったパンツの号数がさがったけれど痩《や》せたというよりそれはやつれたということだろうという老いの実感の紋きりや、百花にそろばんをならわせた方がよいといったとりとめのない声のやりとりしかしていなかった。うまれてくるはずだった妹や母親の「いいひと」ということばで、せわしなく家をでてゆく淑子のすがたが知らない女性のように思いかえされてゆく。管理人の仕事をはじめたのは副収入を得るためだけではなく、外に出る口実として使っていた。淑子のことばはひろい店内にすっと消えた。淑子は黙っていたが、張りつめた沈黙ではなかった。永遠子も沈黙をかさねるのはやめた。

「それは新事実だわね」

隣客の無関係な笑い声がとどいた。

「誰の子ども？」

「それは、お父さんとのよ。でも、うまなかった」

「どうして急に」

「こうした話に適切なタイミングなんてないでしょう」と淑子は、はるかなところに想《おも》いを馳《は》せるような顔を浮かべ、私が忘れたらそのことは誰も知らないままだったのにとうとう言ってしまったと身をすくめる。

「離婚は考えなかったの？」

他人の家のことのように永遠子は尋ねると、淑子はしても良かったのかと真顔で返した。夫との子どもに違いないとは思っていたけれども、経済的にも子どもふたりは苦しかった。あのときやはり産むべきだったとはいまも思えないと言ってから、「わたしもコーヒーを頼むわ」とさっと手を挙げた。

「子どもができたから結婚をするって永遠子が言ったとき、お父さんは怒っていたけれど、私は怒らなかったわよね」

永遠子は自分の妊娠がきっかけで結婚をすることになった経緯を持ち出されて、口早に「そうね」とだけ応《こた》えた。淑子は永遠子が迷っていたら、すべて水に流してもよいのだと声をかけようと思っていたが、永遠子はすぐに結婚も出産も決めた。

「まあ、もうぜんぶむかしのはなし」

もしうまれていたら、貴子と同年にあたると淑子は言った。同じ時期に妊娠した春子に、淑子は横須賀《よこすか》で拾った子産石《こうみいし》を渡していた。それを撫《な》でると安産になるという伝承がある。永遠子も百花をうむときにてのひらくらいのおおきさの石を母親からもらった。自分はうまないことを選んだ人が、なぜ春子に石を渡したのか。永遠子は問うことができなかった。

「雨降ってるみたいね」

食堂に入ってきた女の持つ百貨店の包装紙に雨除《よ》けのビニールがかかっていた。

「夕飯どうしよう。すこし高いけど下で買おうか」

食堂を出て、パンツを引き取りに、エスカレーターをおりてゆく。ひとびとが思い思いに声を放ち、ざわめきのなかにいままでの告白もまぎれて消えてゆく。永遠子は、うまれるはずだった妹はほんとうにほんとうのことなのかと問おうとして、ことばがでなかった。デパートの食堂でかんたんに言えてしまえるようなことではないのではないか。どうして告白してしまったのかと非難がましい声をあたりに聞こえるように言い立てたかった。婦人服売り場の店員が発する間のびした声がひびく。ふいの告白のすべてが淑子のついた嘘《うそ》だとしても、なにがほんとうのことかかわかりようがなかった。うまれてくるはずの妹は、いつまでもうまれてくるはずの存在でしかない。この日常のいとなみのなかに妹はいない。問いただしてなにをたしかめたいのかもわからなくなった。ただ黙って淑子の後をついていった。裾直しに出したパンツを受けとり、スチール椅子がつづくガラス張りになった売り場の隅の一席で淑子は荷物をまとめる。

「雨音がぜんぜんしない」

永遠子はただうなずいた。窓の滴《しずく》がなければ、降っていることもわからないほどの細い雨滴が落ちている。歯ざわりのよいものを買って帰りたいと浅漬けとおひたしを買いに地下の食品売り場へとさらに階をおりてゆく。夕暮れ時の地下食品街は、ベビーカーを押す若い女性、手をつなぎあう母子のすがたが目に入る。永遠子はすれ違う母親と子どもを数えるようにして歩いた。淑子は食堂での告白などなかったように、手際《てぎわ》よく人をよけてすすみ、さっきまでのことばはもう過ぎ去り、生活のただなかにまぎれこんでゆく。

「なつかしいよ」と貴子が二階からおりてきて、一九八一年九月号と銘打たれた、湿気で割れのでている少女漫画雑誌をぱらぱらとめくって永遠子にみせる。永遠子は漫画に目がむかず貴子の横顔をみつめていた。うまれもしなかった妹のすがたを貴子にかさねることも、また貴子が妹のようであるとも思わなかった。妹が生きていれば貴子と同年齢になる。この世にいない妹の視線やすがたを思い浮かべても、貴子にむける永遠子のまなざしがかわることはなかった。同年齢の妹が存在しつづけ、うまれていたのだとしたら、貴子と同じ出会い方にはならない。貴子と永遠子と、まぼろしの妹と、三人で遊んだのかもしれなかった。あるいは、この家を頻繁におとずれるようになるひとが、自分からその妹にとりかわっていたのかもしれなかった。つきあいがないというのもまたひとつの人間関係のとりむすびかたであるのかもしれなかった。そういう可能性があった。ただそれだけのことにすぎない。

＊

貴子は空のダンボール箱を持って二階に戻った。髪を結わいてまとめ、端布やブランケットしかはいっていない箪笥《たんす》の抽斗《ひきだし》を確認した。永遠子が台所で水道を使っている音が二階にまでひびく。貴子は窓から一階の屋根をのぞいた。おもいのほか屋根はひろく、子ども用のみじかいなわとびひもでは、永遠子もいっしょに屋根のうえにいなければ貴子の身体《からだ》を引くことはとうていできないように思われた。ちいさいとはいえ人を一人引きあげられるほどの力を子どもはもっているのか。それでも、屋根から落ちそうになった瞬間につよく引っぱられた頭髪の痙《つ》られた感触と尻《しり》餅《もち》の痛みとを貴子はたしかにおぼえていた。

がらんどうになった畳敷きの一室には、和雄手製の真空管アンプがかつては置かれてあった。電源を切り忘れたまま、ヒューズが作動せずにショートを起こし、畳が焼け焦《こ》げた。ケーブルと近くに置いてあったゴム手袋が燃える程度のぼやだったが、永遠子と貴子とが隣室で昼寝をしていたときにふたりで異臭に気がつき、洗面器で水をかけた。畳はりかえたが、どの畳があとからはりかえたところかはもうわからない。いちように白く曝《さ》れている。大阪万博の鉄鋼館に設置されていたスピーカーを聴いたのが、和雄がオーディオにのめりこむはじまりだった。混んでいるところには行きたくないとおっくうがる和雄に、はじめは春子の方が、「一千個のスピーカーがある」と鉄鋼館だけ行って帰ろうと半ばむりやり和雄を連れ出した。実際に館内に入り全方位に設置されたスピーカーに圧倒されたのは和雄の方だった。以後、熱烈にオーディオにのめりこんでゆく和雄に春子は呆《あき》れながらも、「責任の一端は私にもあるのよ」と言っていた。

壁際には、和雄がまとめておいた春子のレコードが残されていた。この家で春子が何千何万回と回転させた「18人の音楽家のための音楽」「木片のための音楽」、黄色いマレットがうつったジャケットのDeutsche Grammophonのレコード、みおぼえのないレコードも何枚もあった。反対側の壁には和雄のレコードがならんでいたはずだったが、和雄がすでに引き取り、わずかに擦れた線が壁に走っているだけだった。レコードプレーヤーを持たない貴子はまとめて和雄に送ろうと決めた。春子の心音は乱れやすかった。心音が止まれば死ぬ。一音一音がつつがなく打たれるのかをつねに不安に思うからか、止まる音がきこえないよう春子は音楽を聴いていたのかもしれなかった。生きることはとどまりようがないから心音はあたらしい脈拍を打ちつづけ、余韻を残さない。心臓のかたちだけが身体のうちで浮きあがり、脈の一筋一筋が毛羽立っているようだと狭心症の発作をおこすたび春子は医者に口にしていた。それを聞くたびに貴子は自分の胸まで浮き立つようになった。ひととひととは身体の痛みをわけもてないのに、春子が苦しむのをみていると自分の身体が苦しい以上に苦しいように思えていたのはどうしてなのか。こわれやすいみょうな心臓をもった母親というのが怖かった。春子が「私が死んでもまた朝が来る」ととつぜん言ったときの声の名残が立つ。春子が急逝した翌日、たしかに死者にも朝が来ると貴子は思った。

ほの暗い廊下には本が積みあげられていた。永遠子が気に入って読んでいた海洋生物や恐竜の図鑑、天文学の本、和雄が読みふけった「無線と実験」や「ステレオサウンド」といったオーディオ雑誌、あとは少年少女向けの文学全集の端本《はほん》が細い廊下の面積をさらにせばめ、おおかたの本は湿気て頁《ページ》がふくらんでいる。貴子は幾冊かの本をひらくが、つぎからつぎに読んでいたはずの物語は、いったいどこにすりぬけていったのか。貴子はこの家で読んだ、自分の顔よりもおおきな赤黒いなめし革の装幀本《そうていぼん》に書かれてあった物語のことをふと思い起こした。あれはいったい誰が書いたのか。むかしは、書いたひとのいないものだとして本を読んでいた。しかしその書かれたものはいったいどういう筋のものだったのか、一文字の記憶も思い出せない。二階をさがしまわったが、それだけはみあたらなかった。その本を開くと、いつもうすぼこりが立ちあがった。それが陽差しに散るのをしばしながめてから文字に目をおとしていた。いまはただ、ほこりの立った瞬間のことだけを記憶している。窓の向かいのちいさな円テーブルに置き放されていた本のページがめくれる。ながいこと読み継がれることのなかった推理小説にはつげ櫛《ぐし》がはさみこまれてあった。貴子と永遠子は背中合わせで寝そべり、めいめい別の本を、声にだして読みあった。たがいの筋がこんがらがってしまったことをつらつらと思いだしながら、散乱した本を足で判型にあわせて手早くまとめていった。貴子は本をかかえてはながくつづく廊下を行き来する。脚立《きゃたつ》を出さなければとりかえられない高天井の電球はきれたままで、はめごろしのちいさな天窓がひとつあるきりの廊下は昼間でもうす暗く、床板はすこし傾《かし》げている。歩みをすすめるごとに床板は鳴り、柱や障子もそれにあわせて揺れる。廊下に腰をおろし、積み置かれた本をかかえて立ち上がると、ふいに、夜気のようなものを首のうしろにかぶった。背筋をのけぞらせる。どこかから水でもかかったのかと、うごこうとしても身うごきがとれない。結んでいた髪ゴムは切れて、床におちている。ほどけたはずの髪は背にはおりなかった。貴子の頭髪はなにかに引きつかまれ、廊下の後ろへと、髪はいきおいよく伸びているようだった。後方が真っ黒になってゆくのがうす暗かったあたりがさらに濃くなったのでわかる。廊下が頭髪に埋もれてゆく。頭皮がぴりぴりとしびれている。髪は伸びつづける。首がもげそうに重い。自分の頭から伸びつづけているのが髪であるのかも貴子にはわからない。つよく後ろに引かれる。手から本がすべり落ちる。頭髪をつかもうとしてそれがつかめない。天窓もすっかり黒く覆《おお》われている。身体を横によじり、なんとかして後ろを向く。のけてものけても髪が顔にはりつく。つづいていたはずの廊下は真っ暗になって頭髪と闇《やみ》とが分かちがたくとけあい空間をゆらす。闇のむこうからなにかきこえる。速度のある物音がしている。台所で永遠子がほこりのかぶったワイングラスを洗っている。その湯の音だろうと貴子は思った。配管の振動が、家々の管に音波として走っている。音はガラス窓も天井も床板までもゆらし、振動音が迫る。頭髪がふたたび引っぱられ、身体が闇に持っていかれそうになる。貴子は闇だか髪だかわからない一条《ひとすじ》を、腰をおとし両手でつよく引いた。弾力のある感触が手や腕の筋に伝わる。貴子は髪をつかんだままあおのき、そのまま尻餅をついた。

いまのはなんだったのか。貴子は床に足をなげだしたまま、尻をあげることができず、ぽかんとしていた。いそいで階段を下り、永遠子にいまのことを話そうと思ったが、言いようがなかった。手足の震えはやがてとまった。重量のあるものを引っ張ったという感触が手と頭皮とに残ったが、それもじきに消えた。天窓からうすいひかりがさしている。階下から永遠子が湯を使う音が聞こえる。それは闇の向こうから聞こえていた音とはことなっていた。貴子の頭髪は頭髪でしかない。髪ゴムの輪がはじけただけなのかもしれなかった。そのあとも廊下を行き来したがなにも起こらなかった。

＊

ふたりで表を歩くのも実に四半世紀ぶりであるというきわめて凡庸な感想を互いに口にしながら、作業を中締めにして、遅めの昼食をとることにした。永遠子は坂の下の蕎麦《そば》屋にでも行こうかと貴子を誘った。貴子は家をでる時点で、鴨《かも》せいろにすると、注文を決めた。永遠子は、天ざるか鴨せいろかで、迷っていた。ふたりは春子や和雄に連れられてしょっちゅうその店で蕎麦を手繰っていた。

春子に連れられて永遠子がはじめてその蕎麦屋に入ったとき、「鴨せいろ　一七五〇円」とはいったいどういう了見だろうと品書きの値段におどろいた。永遠子は、コーラが飲みたかったが、そば湯で満足する貴子の手前、「コーラ　三〇〇円」という品書きをみると、頼むことができなかった。すぐ近くの店ではその半値以下で売っているはずのコーラが、どうしてこの蕎麦屋では倍の値段になるのかが永遠子には解《げ》せなかった。他の客がコーラを飲むのをながめていると、春子が、「永遠子ちゃんも飲む？」とたずねた。子どもが遠慮したり緊張したりすることはないとたびたび永遠子は春子に言われるのだったが、遠慮がみょうにはたらいて、「だって倍の値段だもの」と言った。春子は笑って、「みみっちいこと言わない」とコーラを注文した。みみっちいことを自分は言っているのかとそのときはすこし恥ずかしくなったことを、永遠子はてっきり貴子が笑うかと思って話したが、それをきいた貴子は笑わなかった。

「それはうちの母親がよくない」

「春子さんは悪くないよ」

「悪気はなかったかもしれないけど……」

漠然とした無知や無神経は人を傷つけると貴子は言った。笑いまぎらすつもりがおもわず永遠子は黙った。貴子は、春子が葉山までの交通費を渡していたこともずっと知らなかったと告げた。

「わたしは来たくて来ていたよ」と永遠子は言った。

坂につづく曲がり角に、「食料店」と素っ気ない墨書看板を張り出した個人商店があった。かつてふたりが通っていたころと同じようにこぢんまりとした店をかまえていた。ビニール製のオレンジと白との縦縞《たてじま》の庇《ひさし》がはためき、陳列棚に商品がまばらに置かれてあるところまで、なにひとつむかしと変わっていなかった。店番の青年が一人、売り物の週刊誌をぱらぱらとめくっていた。店内のカレンダーはたしかに今年のものであるはずなのに、ふたりにはそれが嘘めいた日付にうつってみえる。「食料店」の前にたたずんでいると、にわかに流れた雲の間から陽がかっと照った。

いったいどの季節にいるのか。ふたりとも、歩みをすすめるごとに、わからなくなってゆく。貴子は坂を下りきるころには、自分の背丈が永遠子とならぶような気をおこしていた。永遠子は袖《そで》を通していたカーディガンを脱いだ。永遠子の半袖すがたに、「ひざしがつよいよ」と貴子は視線を空にうつした。永遠子は、日光にかぶれやすいことを貴子がおぼえていたことに驚いた。子どもをうんでから体質が変わったのだと言った。

永遠子は「食料店」の隅の自動販売機の方を指し、むかしはあそこに大きな鏡が設置されていたと呟《つぶや》いた。きょとんとする顔の貴子をみて、「オレンジ色のポールの道路反射鏡があった」と言った。

「道路反射鏡?」

喉《のど》もとから急速に湿り気を奪われるような乾いた冬の夜の記憶が永遠子にはあった。この道を歩いて、自動販売機からコーラを買う自分のすがたを鏡越しにみた。風呂《ふろ》上がりに和雄か春子に承諾をもらい、髪をいそいで乾かした。湯冷めしないよう、パジャマのうえにセーターを着込み、外套《がいとう》を羽織った。貴子の帽子はニット帽で、頭頂部に白いポンポンがついていた。永遠子は、ながい一本の赤いマフラーを貴子の首にも巻いてやり、ふたりでこの坂道を歩いていた。そのすがたを鏡越しにみた。いまと同じように、車道側に永遠子、壁側に貴子だった。澄みわたった空には冬の星座がでていて、貴子は厚着のせいで、頰が紅潮していた。湯からあがったばかりの身体はあたたかく、外気に触れた耳だけが冷たく浮き立って感じられた。路《みち》の脇《わき》に流れる溝からほのかに石鹼《せっけん》のにおいと湯気が流れ、さっきまで浸かっていた風呂の栓が抜かれたのだとわかった。坂の下へと水音が過ぎてゆき、白い湯烟《ゆけむり》が電灯に散ったところまではっきりと覚えていると永遠子は言った。

貴子にはその記憶がまるでなかった。永遠子のみた光景を、自動販売機の脇に重ねようとするが、うまく透かし重ねることができなかった。はまゆう、はまなす、はまなでしこ、といった浜に寄せる花が熱波を浴びて咲いていたこと、他家の軒先の、色づきを控えたからすうりの実にけだるい目を遣《や》ったこと、永遠子の被《かぶ》った麦わら帽子が風にとばされ、ながい髪が揺れていたこと、足裏の皺《しわ》の一筋一筋に砂がまつわり、ゴム草履の緒ずれに海水が滲《し》みるのをこらえてこの坂道を通ったこと。

どれも夏の記憶ばかりだった。

「たしかにはまゆうは咲いていたね」

貴子はくちびるの熱ものけがたい炎夏のなか、「あちいあちい」と自動販売機から麦茶を買ったことをおぼえていた。しゃがみこみ、麦茶をとりだしながら仰いだ、立ち枯れした向日葵《ひまわり》。一瞬の景色が、物語の切れ端のように呼びおこされていた。周囲に、道路反射鏡があったかどうか思い返そうとしたが、立ち枯れの向日葵しかなかったように思われた。

「向日葵が咲いていたと思う」

「向日葵?」

「そう。道路反射鏡じゃなくて、向日葵……」

同じ場所の記憶であるというのにおぼえがまるでことなっている。記憶をおぎなおうとして、混乱を来して終わった。結局、互いの記憶の地層は雪崩《なだれ》をおこして年代が失われ、すっかりわからなくなっていた。

「鏡にうつってないと、自分のすがたをみることはできないよね」

たよりない表情で永遠子は呟く。貴子はこの坂道につらなる記憶をさがしたが、このあたりで〽うめのはな、と唄《うた》う女のひとのことしかおぼえていないと言った。

「それは、私もおぼえている」

近くに小唄かなにかの教室でもあったはずだった。この界隈《かいわい》にいくらでもありそうな角をてきとうに入り、軒を連ねる路地をうろついた。

通り一本隔てると、どこになにがあるのかまるでわからなかった。同じような軒がつづいていた。何度か曲がると食料店に戻る方向を失いかけた。似たような筋が並列し、別の通りへとつながりつづけているようだった。

「〽うめーのーはなー」

貴子はちいさく節をとる。永遠子がつづけて、貴子の知らない、先のフレーズをすこし唄った。好きな人との婚礼を夢でみて、三三九度の盃《さかずき》にくちびるをつけるかつけないかのところで目が覚めるという歌詞は、「せつないね」と永遠子が言った。

「夢も、みている間はほんとうのことでしょう」

夢のなかだけでも好きな人との三三九度に至れるならしあわせだと思う。

「私は夢をみないから」

貴子はゆるんだスニーカーのくつひもを脇に寄ってむすびなおした。永遠子は、貴子がつきあっていた妻子のある男とのことを思いだして言っているのだろうと、夢をみているときほど夢をみていないときのことを強く思いだしてしまうものだと返そうとした声をつぐんだ。

永遠子は、「真室川音頭《まむろがわおんど》」の歌詞は、今年の夏に淑子と百花と三人で連れだって、葉山付近の海岸で開催された盆踊りで知ったのだと話を切り替えた。淑子に連れられて百花が盆踊りをみているあいだ、娘の相手につかれた永遠子はひとり海の家で、わかめのきんぴらとビール、それから焼き鳥を頼んで食べていた。外の櫓《やぐら》から鳴る、太鼓、三味線、鉦、しの笛がかすかにひびいている店内に、隅田川の花火大会の映像がきりなく流れていた。「録画ですよ」「夏の間は流しているんです」と真っ黒に日焼けした若い店員が言った。テレビのなかで花火があがる。爆発音と火の色の散るきみょうな間合いを、串《くし》を四本五本とかさねながらみていた。しいたけの串を再度注文しながら、赤、みどり、青、それらの色が散ったかと思えばたちまち白煙となって夜空に消えてゆくのを、水がつたうように煙は流れるというのはほんとうのことだとしみじみ永遠子はみていた。隣客が、つけだれのもも肉ばかりを頼む。焼き鳥をタレで食べてばかりいる人の気がしれないと思うなか、テレビからきりなく花火がうちあげられていた。ライフセーバーらしい隣客の話声とテレビから聞こえる爆発音と外の盆踊りの音曲とがてんでんばらばらに流れる。遠くの盆踊りの輪を見てふと心細くなり、生きているもののようにふるまっているだけで、踊って送り出されるのは自分であるようにも永遠子は思えていた。調子がかわり、〽うめのは な、という節がきこえて「真室川音頭」が流れはじめた。これは知っている曲だ。ひたすら大気をうけ流してゆくのびやかなうたい手の声は、きっとあのとき習っていたひとの声だと永遠子は思った。

その日、白地に鉄線柄の浴衣《ゆかた》を着ていなかったかと貴子は永遠子にたずねた。

「着ていたよ」

どうしてそれを知っているのかとつづけてたずねようとしたが、貴子が自然に「やっぱり」とうなずくので、永遠子はそのまま「うん」と言ったきり口をひらけなくなった。

本日そば粉切れ――

坂を下りきると、蕎麦屋は早仕舞いをしていた。注文の目星までつけていたふたりであったから、もっとそば粉碾《ひ》けばいいのにと、しようのないことばをこぼしてから、力なく踵《きびす》を返し、来た道を戻っていった。ひだるくておかしくなりそうだという空腹の加減ではないものの、なにか口にせずにはいられなかった。食料店に立ち寄り、ふたりはカップラーメンを買った。カップラーメンの余り汁におにぎりを入れたいと言って、貴子は昆布と白梅のおにぎりを、永遠子はコーラとインスタントコーヒーを買った。店番の青年に、ふたりは道路反射鏡と向日葵のことをたずねようかと一瞬思いをめぐらすのだが、二十五年前にはうまれていたのかあやしい、あどけなさを残した顔立ちの青年は、釣り銭と箸《はし》二膳《ぜん》を素っ気なく渡すと奥に引っ込んでしまった。

*

砂時計をひっくり返す。カップラーメンの上に古雑誌をのせ、貴子と永遠子は向かい合ったまま、管のくびれをこまやかな砂がとおりぬけて底へと落ちてゆくのをみつめていた。室内は静まり、その砂音もきこえそうだった。

「この三分は長いね」

一口に三分といっても、カップラーメンを待つ、風が吹きすさぶ早朝に電車を待つといった三分間はながく感じられる。公衆電話の三分十円は会話する相手によりけりだけれど、ウルトラマンは三分もあればじゅうぶんすぎる。時間というのは、疾《と》く過ぎてゆくようであり、また遅延しつづけるようでもあり、いつも同じ尺で流れてゆかない。二階で整理していた本に、宇宙のおおまかなところは三分でできたというタイトルの本があったことを貴子は永遠子に言った。

これだけ時間があれば宇宙の基礎くらいきっとできると、永遠子は頬杖《ほおづえ》をつき、麵《めん》の様子がわからないから、時が一定に流れている気がしないのかもしれないと言った。カップラーメンの容器が透明ならば、湯によって即席麵なり乾燥ネギなりが、だんだん膨張してゆくのをありありとみてとることができ、そうすれば、まぎれもなく時間がそこに存在しているのだという気をおこさせるのではないかと考えた。

貴子は、買ったおにぎりの賞味期限が一日超過しているような気がしたが、いまがいつであろうとかまわないと開封した。

「とわちゃん、この夏、渋谷に行かなかった？」

貴子は、Bunkamuraの一階から地下一階を通るエスカレーターで、たしかに永遠子とすれ違った気がしていた。永遠子はそこに行ったことはあるが、今年の夏ではなかったと返した。八月の夕暮れ時に、貴子は、地下一階のカフェの、吹き抜けになったオープンテラスで大切な待ち合わせをしていた。Bunkamuraのある東急本店の裏手の観世能楽堂で、勤め先の中学生がおとずれる演劇鑑賞会の打ち合わせをしたその足で、待ち合わせたカフェに向かった。約束した時間をすこし遅れていて、貴子はエスカレーターをおりながら、真下のカフェテラスにいるはずの人のすがたをガラス越しに探していた。緑色の円テーブルとイスが何組か配置されてあるなかの一テーブルにそのすがたをみとめて視線を前に戻した瞬間にむかいののぼりエスカレーターに乗る、たしかに永遠子だという人とすれ違った。あわてて振り返ってすがたをみると、永遠子らしい女の人は、白地に鉄線柄の浴衣を着ていたのだという。

「その浴衣は今年買ったの。盆踊りの日もそれを着ていた」

しかし、その浴衣は盆踊りの日に着たきりだった。永遠子は渋谷にも今年は出かけていない。貴子は、永遠子がずいぶんむかしに髪型を変えていたと聞いて、浴衣すがたの人の髪型を思い起こそうとしたが、記憶にあるのは、浴衣の生地と、永遠子だったという確信ばかりで、表情も、髪型もほかのことはひとつも思い出せなかった。

「でも、ただそういうことがあったの」

「うん」

永遠子は待ち合わせをしていた人は、もしかしてつきあっていた男性のことだろうかと思った。貴子はテーブルに着いて飲みものを注文してからも、どうしてもすれ違った永遠子であるらしい人のことが気にかかった。席を立って、エスカレーターをかけあがってあたりを探したが、結局、その人はみつからなかった。

「あの浴衣、とても似合っていた」

「ありがとう」

貴子が永遠子をみかけたのは海岸沿いの盆踊りに出かけた同日だった。当日、永遠子は自分が行ったはずのない場所で貴子が自分のすがたをみていたことが、人違いであるとは永遠子自身にも思えなかった。いま自分がどこにいるのかがわからなくともその場所にいることができるように、自分は葉山の海岸沿いにいながら、また東京の渋谷にもいたのかもしれないと夢のようなことを思った。ほんとうに夢では会っていたのかもしれなかった。もしかしたら現実に起こった過去のように、夢が記憶にまぎれこんだのではないかと永遠子は言った。

「でも、私、夢をみたことがないから」

「夢をみないひとはいないのよ」

寝ている間、瞼《まぶた》は閉じている。眼球の外から視線ははじまるから瞼を閉じていたら夢はみられないと貴子は言った。

「忘れているだけできっとみてる」

人間はみた夢のことは忘れてまたべつの夢をみる。永遠子はそう言って、娘の百花がみた夢のことを話しはじめた。

真夜中、そろそろ眠ろうかと永遠子が思っていると、居間のドアをノックして、小学三年生になった娘の百花がそっとドアをあけた。眉《まゆ》を寄せ、口をへの字にして、「夢をみた」と言った。

「夢？」

「うん」

「怖かったの？」

百花は首をかぼそく横に振る。

「眠れそう？」

「起きる」

ことばに反して瞼はすぐにつむろうとしていた。百花はドアに身体《からだ》をもたせかけ部屋に戻ろうとせずにいた。「おかあさんもいっしょに部屋にゆくから」と永遠子は百花の手をひき、娘の部屋に入る。空気はわずかになずんでいた。ベッドの脇に置かれた加湿器が「多湿」をしめす赤いランプを点灯させている。永遠子は足で電源を切り、着ていたパジャマを脱がせ、汗を拭《ふ》いてやった。永遠子は洋服ダンスからあたらしいパジャマをとりだす。冷えた袖《そで》を通した百花がほっと息を吐く。

「空気も入れ替えようね」

永遠子は窓を手早く開け放つと、むすっとした顔のままベッドに腰をかけて足をぶらぶらと動かす百花の隣に座った。

「眠りたくない」

「怖い夢だったの？」

「……ユーレイの夢」

永遠子は百花の頭を撫《な》でる。こわいというより納得がいかないといった表情を浮かべていた。乱れたブランケットを永遠子がたたんでいると、「ほんとうに怖くはなかったの」と百花が言った。

「灰谷《はいたに》君がユーレイになった夢をみたの」

「灰谷君？」

とりわけ仲がよいわけでもないクラスメイトの名を百花は口にした。百花のみた夢のなかで、灰谷君は幽霊になっている。夢をみた百花当人も、それは現実ではないことははっきりとわかっていた。

窓を閉め、娘の背中や肩がやわらかくなるのを待ち、現実の灰谷君のことを確認し合う。名前は、灰谷譲《はいたにゆずる》。出席番号は、26番。誕生日は、知らない。好きな給食は、いなり寿司《ずし》とプリン。得意な科目は、体育。去年の夏、小学二年生の夏休みに、灰谷君は灰谷君のお母さんの実家の、愛知県知多半島の海岸でシュノーケリングをしていた。岩場に灰谷君のフィンがひっかかっておぼれたけれど、高校生になる水泳部のお姉さんがすぐに気づいて助かった。それをクラスで自慢げに灰谷君は話していた。灰谷君は去年の夏死ななかった。いまも生きている。

「百花、もう眠ったら?」

「やだ」

「どうしたの?」

「こまるの」

百花はクラスメイトのれおなちゃんと一輪車でいっしょに遊ぶ同じ夢をたがいにみたことがあった。夢と夢とは他の人とつながってしまうことがあるようだと百花は言った。れおなちゃんも灰谷君が幽霊になる夢をみるかもしれない。他のクラスメイトも同じ夢をみるかもしれない。そのうち、クラス全員が、生きているはずの灰谷君が幽霊になっている夢をみる。もし、全人類が灰谷君が幽霊になる夢をみたとしたら、灰谷君はほんものの幽霊にならないといけなくなるかもしれない。夢がつながってゆかないように私はもう二度と眠らないと決めたのだと言った。

「夢をみないように、今日はいっしょに寝ようか」

「いっしょに寝ても、眠るときはひとりきりよ」

百花は瞼がとじないように両手で上瞼を持ちあげる。永遠子は部屋に置いてあった図鑑をひらいて、それを百花に読みきかせた。

「現在の北極星はこぐま座ですが、八千年後にははくちょう座のデネブが北極星に、一万二千年後にはこと座のベガが北極星になります」

歳差運動を説明する天文図鑑の見開きをしめしながら、永遠子は百花に読んでやると、百花は顔をしかめて、「こわいこといわないで」と永遠子に怒った。

「それでどうしたの？」と貴子がたずねる。

「すぐにまた眠りに落ちていった。もうそんな夢をみたことも忘れたと思う。べつの夢をたくさんみてるから」


やはりカップラーメンの容器はせめて半透明くらいにしておかないといけないのではないかと永遠子は言った。すでに忘れかけていたカップラーメンにふたりは目を落とした。「ねえ、これ壊れてない？」と、永遠子はいつまでも白砂を落としつづける砂時計をみる。貴子は携帯をみる。

「あと何秒？」

「あと一分」

「まだ?」

「まだ」

「そう。こうしているうち百年と経《た》つようよ」

*

夕暮れになっても作業は終わらなかった。貴子を残してさきに帰ることに後ろ髪を引かれながら、永遠子はバスに乗って、自宅のある逗子にもどった。逗子駅付近のスーパーに立ち寄るころはすっかり日が暮れていた。大型食料店特有の影をださない青白い光を浴びし、おびただしいトマトを素通りして、一玉の白菜に目をとめた。鱈鍋《たらなべ》、ということばにくわえて、現実にもどる、ということばもよぎったが、二十五年ぶりに貴子と再会した葉山の家での数時間も、スーパーに流れる有線放送の単旋律がきこえるいまという時間もまた、現実のことに違いはないのだった。旋律によって時間が過ぎてゆくことがはっきりとわかる。何ひとつ遅延していなかった。野菜売り場のしんしんとした光のなかで、永遠子は鱈鍋に必要な食材を、冷蔵庫のなかみと頭のなかでてらしあわせて、白菜、しらねぎ、えのきだけをカートに入れてゆく。首筋にほくろのあるキャメル色のセーターを着た中年の男が、うすくち醤《しょう》油《ゆ》と卯《う》の花と卵ぼうろと粗目砂糖の入ったカートを押しながら、なめこを買う。その男は茶葉コーナーのまえでも立ち止まる。茶褐色のものばかりカートにおさめた男は、きっと、ほうじ茶をえらびとるに違いないと、永遠子は確信めいたことを思い、ちらちらと横目で男のすがたに目を送ったが、男はなにもえらびとらず、隣の棚へとうつって行った。支払いを済ませ、カート置き場に向かっていると娘から電話があった。「おとうさんと油壺マリンパークに行ってきた。これからかえる」とすこしはしゃぎ疲れた声で言った。「楽しかったでしょう」と聞けば、「まあ、何回も行ってるけどね」と素っ気ない。たしかに幾度となく百花は訪れている場所なので、それで会話が終わるかと思えば、「ダンクルオステウスの化石はなかった。でもね、あのね」と話しはじめて熱気が返ったのか、しだいに甲高い声にかわり、「水槽にタニシがくっついていて」「こーんな」「あーんな」「ウーパールーパー」「おいしそう」と浮かんだことばをめいっぱい口にする。

「ひょほん」

「何？」

標本、と言っているようだった。うまくききとれず、永遠子はカート置き場の脇《わき》のエスカレーターを走る女性の靴音や、館内放送がとびこむのを耳でよりわけて娘の声だけを聞くのにつとめた。「家でゆっくり聞くから」と言うも、娘はしゃべるうちに勢いをましてゆき、興奮はおさまらない。うまく声をひろえないまま、永遠子は「良かったね」とおぼつかない相づちをてきとうに打つうち、「いやさ、百花が走り回るんでまいったよ。そっちはどうだった？」声の主は娘から夫にかわっていた。「あと、四、五十分で家に着く」と言っているようだが、ことばがざわめくばかりで、もつれて響いた。何度かやりとりをするが、向こうの声がほどけない。スピーカー越しに電気モーターの振動音も混じる。娘の「ラブカ！」という意味のわからない声もよぎる。泡立つ人波のなかで向こうもかけている様子だった。

スーパーを出て、家に向かって歩きながら、「もしもーし」と繰り返した。町中の音と携帯の音とがばらばらに耳を擦過する。電車の音がし、「ちがうちがうちがう」すれ違う女子高校生が同じように携帯で話すその声に耳をとられる。「海岸沿い」という会話の切れ端が耳にとどまる。何かまた声があるがノイズがひどくてわからない。電柱の脇で一度止まる。視線を架線にあげてまた歩きはじめる。「もしもし」プラットホームに人だまりができている。「ご注意ください」とアナウンスが入る。近くから駅の電鈴が響いて、電車が通過する。駅員の笛。携帯を強く耳におしあてると自分の血流音がさらに邪魔をし、まるで聞こえなくなった。「だから、」と音飛びして、……言っていることばが、次第に寸断されてゆき、ひとつひとつ非連続に聞こえ、声が近くなるかと思えば、退き、雑音のはるかむこうから、たよりないほどの遠さでいくつかの名詞と助詞とが耳に入る。しかし、音を繋《つな》げても、意味がとれない。復唱を求める。いくつかの名詞と助詞とがまた耳に入りばらける。幾度もくずれる。「ごめん。もう一度」「ごめん。電波が悪くて」いくたびか復唱を求めるが、永遠子の声が向こうに届いているのかもよくわからなかった。町中の自転車の音や駅の雑踏で、さらに聞き取りがたい。「夕飯？ 鱈鍋」。踏切に差し掛かっていた。「夕飯?」と問うと、「夕飯」とむこうから聞こえる。永遠子のことばを相手もかえしているのだから、おそらく夕飯で良いはずだった。「鱈鍋だよ」とことばを返す。なにかまだ聞こえるが、音節が不断に途切れる。「鱈鍋鱈鍋、鍋鍋」と繰り返す。「もしもし」携帯を耳にあてかえすが、向こう側の声がどこからしていたのか、あるいは、もう切れているのか、わからなくなっていた。

(鱈鍋……)

言い継ごうにも声に迷いがでた。電話はきれた。永遠子は慌《あわ》ててかけなおそうとする。

瞬間、なにかにつよく髪の根がひきつかまれ、ぐらりと身があおのき、二三歩よろめいて後ろに倒れた。携帯が手から飛ぶ。何が起きたのかわからなかった。なにに引っぱられたのかもわからない。遮断機の黄と黒の縞《しま》が降りている。警報機が鳴り渡り、目の前で車輪の火花が散る。尻餅《しりもち》をついた永遠子は、車内の蛍光灯を身体《からだ》ぜんたいに浴びる。電車が通過していった。遮断機がまた上がるのを境に、「あんた危ないよ」といった罵声《ばせい》がとんだ気がするが、レールの軋《きし》る音で耳の奥が浮き立ち、ひとびとがなにを言っているのかが聞きとれない。あたりのひとがこわばった表情で永遠子をみている。「大丈夫ですか?」とまどいがちに永遠子に近寄ろうとする。アスファルトで擦ったてのひらからは血がにじんでいる。永遠子はみょうなうす笑いを浮かべて、礼のような詫《わ》びのようなものを言いながら、尻を打ってしびれているのをこらえて立ち上がった。目がくらみ、地表ぜんたいが軋りつづけているように思えた。骨の奥が熱くなってふるえていたが痛みは感じなかった。白菜も携帯も投げだされ、スーパーのビニール袋も千切れていた。このようにして死は迫るのかと他人事のように感じた。

誰かに頭髪を引っ張られたわけではないとわかって振り向いた。離れたところでスポーツバッグをさげたふたり組の男子高校生が呆然《ぼうぜん》と永遠子をみるばかりで、目が合うと避けられた。ショートカットの永遠子の頭髪を引っ張ることなどとうていできないことだった。頭皮がしびれている。携帯を拾い、線路に転がった白菜を拾い、ちぎれたスーパーの袋をかかえて人ぞめきにまぎれながら自宅に帰った。

ひさしく覚えのない髪の感触を残したまま、自宅に帰り夕食の支度をする。ほんとうは夫も娘も誰もいないのかもしれないとどこか不安に思えた。玄関から夫と百花の声が聞こえるころには、頭皮や打った尻の感触は消えていた。百花は、夕食の間も後片付けしている際も間断なくマリンパークでの出来事をしゃべりつづけていた。永遠子が洗い物をすませてコックをしめて水音が途切れると、居間がきゅうに静まりかえっているのがわかった。ソファをのぞくと百花は目をつむっている。昼間の疲れが浮いたのか、部屋で眠るよううながすが、意識があるのかないのかうごこうとしない。遊び疲れてくたくたになった身体を残して、もう眠りの底へと意識は沈み込んでいるようだった。永遠子はかつて貴子の腕を甘噛《あまが》みしたように、眠っている百花の腕をそっと噛んだ。何本かの切歯の痕《あと》が赤みを帯びてへこむ。百花はまったく起きない。子どもの皮膚はなべてやわらかくあたたかいが、それぞれちがう。貴子のほうがしめっていてやわらかく、百花には弾力があった。

謝礼の額は永遠子にはすこし多く感じた。淑子から葉山の様子をたずねる電話がかかってきた。謝礼の話をだすと、淑子は「そっちで使いなさい」としか言わなかった。夫の仕事用の革靴がすり減っているからそれに使おうか、それとも壊れたコーヒーメーカーを買いかえるのにあてるか。安価なものであればふたつとも買えるだろうかと空で計算した。かつて自分の採集した化石の炭素年代を調べるために数学を熱心に勉強して得た速算の技が日々のこまやかなところで役立っていた。夫が百花を抱えてベッドに運んでゆく。腕が痙《つ》りそうだと夫が言う。ずいぶんとおおきくなったと永遠子は思った。かつて自分の二本の腕が昼となく夜となく百花を抱きあげた日々があったことも忘れていた。

乳をせがむ子を抱いて投身する、あるいは赤ん坊を高いところから落とす。あまりにも眠かったから、という身も蓋《ふた》もない、理由とも呼べないふとしたはずみで、人間は人間を殺したり、身勝手に死んだりできてしまえるだろう。永遠子は出産して八ヶ月経ったころ、いつまでも終わらない真夜中の三時間おきの授乳につかれ果て、自分が死なず、子を殺さずにいられるのは、そのはずみがまだたまたまついていないだけのことでしかないと、いつ到来してもおかしくはないと思いながら、ほんとうに乳がのみたくて泣いているのかわからない百花を抱きあげた。夫は、「やっぱり母親がいちばんなんだな」と泣きじゃくる子どもを抱きあげてあやすがたを暢気《のんき》にみている。夫の胸からも乳がでれば話はべつだと永遠子は思った。永遠子は夜泣きをいっさいしなかったと淑子からきいていた。夫も、「自分も夜泣きは少なかったらしいから誰に似たのだろう？」と無邪気に言った。誰に似ていようがいまいが関係なかった。百花は百花の了見で泣いているにすぎなかった。永遠子は、自分の子どもが生まれてから遺伝を信じなくなった。枕《まくら》がよだれでべっとりと濡《ぬ》れ、百花が泣きわめいていた。独身のころはまったく知りもしなかった「断乳」や「卒乳」といったことばが頭をよぎった。早い人は準備しているらしいことを、そろそろ百花にもすべきなのかがわからず、育児書もインターネットも情報が錯綜《さくそう》し、医師からは、ひとそれぞれですから赤ちゃんと相談して決めましょう、ということばが返るばかりだった。百花はたしかに要求を投げかけてくる。なにが彼女をむつかせるのかがまるでわからなかった。かけてやることばもなく、ただ抱きしめてあやすしか術がなかった。やさしくゆすろうにも、手がだるい。あやされてたのしいのかもわからない。百花の唇を胸でふさがせ押しつけるように乳を吸わせることで、声量をすすり泣きにしぼろうとしていた。子の抱きかかえと離乳食の作りすぎで腱《けん》鞘炎《しょうえん》になりかけていたもげそうにだるい腕も、乳をだすためにもつれあいからがりあう器官も、肉体のなにもかもがじゃまで、思考のすべて、感覚のいっさいがうっとうしかった。それでもおっぱいを百花にやらなければならない。眼をとじているのかあけているのか不分明なまま永遠子は身体を引きずり、ベランダに出た。

その夜は、うすく靄《もや》がかかったように銀河がみえていた。永遠子は、自分が惑星に住んでいることをひさしく忘れていた。これが「しし座流星群」か。自分と百花の真上に空があったことにすら驚いていた。数百から数千個もの流星雨を観察できることを、ほとんどつけているばかりだった夕暮れのニュースでアナウンサーが言っていた。寒気が強く、月齢2の細い月がかかっているのも星にまぎれてよくわからない。近視がかった永遠子の目には、流星も月も違《たが》わず、ただぼんやりとひかってみえる。火球のオレンジ色が風に流れ、タチウオやリュウグウノツカイにもみえる、永続痕をのこす。それが夜空の上から下へと垂直におちた。そうしたひかりは、眠りばなにまぶたの奥に散る、光源のわからないひかりに似ていた。彗星《すいせい》のちりが垂直におちてゆくのをながめ、この惑星に立つことの憂鬱《ゆううつ》やよろこびがごたまぜになったまま呆然と百花を抱えていると、かつて春子が貴子を抱きしめていたときの腕がもげそうに重いと言った、春子の垂れ下がった目尻を、ふと思い起こした。春子がずいぶんと昔に死んだ人のようには思えなかった。貴子や和雄は元気だろうか。かつての幼い自分のことまでもが懐《なつ》かしく胸にこみあがる。どこかでいっしょに空をながめているようにすら思えていた。星が落ちる。起きている人と眠っている人とのあいだに分け隔て無く夜がただ過ぎてゆく。ひたすら流星が落ちるのを目の前のこととしてただみあげていた。そのまま、身体が宙に放たれてゆくような、同時に、北太平洋の海面下約一万九二〇メートル下のマリアナ海溝まで落ちゆくような、浮かびまた沈む意識がふと途切れて、翌朝、百花の泣き声で起きたのだった。あれはどこからが夢だったのだろうか。

永遠子はベランダにでて、貴子はきちんと帰宅しただろうかと考えた。それぞれの心音とそれぞれの夢だけをかかえて夜は過ぎ、朝になる。明日はまた貴子に会う。葉山の家は無くなる。会わずにいてもまた会えばよいだけで、会わないでいた二十五年間も、会うためのひとつの準備であったのかもしれなかった。

＊

暮れ方になっても葉山の家の片付けはおわらず、「夕ご飯の支度があるでしょう」と貴子は永遠子を強引に送り出してからもだらだらとカトラリーの仕分けなどを進め、ものはそう多くはなかったが、整理をおえたころは夜もすっかり更けていた。無数の磨き疵《きず》のあるナイフやスプーン、欠けのでた食器は据え置かれたままで、作業の終わりのけじめもつかず達成感はなかった。食器棚の抽斗《ひきだし》からは、水引のかたちの箸《はし》置きやレンゲといっしょに、科学雑誌の付録につくような方位磁石、ポーンの駒《こま》までしまわれていた。器物百年を経て魂を持つというが、四半世紀経《た》ったあたりの家具や什器《じゅうき》は、ふるぼけているばかりで、まだ効力を持つ気配はまるでなかった。

日付もかわろうとしていた。明日も早いから今日は葉山の家に泊まると貴子は父親に連絡をいれる。蓮根《れんこん》が傷《いた》みそうだからはやく食べきりたいので、明日はかならず帰るようにとすぐに返信があった。春子が死んでからは、父親がずっと料理をつくっている。包丁をつかう父親が音もなく骨と肉とをはいでゆくのをみると、なるほど、外科医として公開オペを担当したこともあるひとの手だということが貴子にもよくわかった。貴子の父親は、持病の腰痛がしだいに悪化して長時間のオペにたえられなくなり、執刀をつづけることを断念してから、大学に居づらくなったのか職場を変えていまは製薬会社の研究所に勤めていた。この数日間、貴子は父親と蓮根を食べつづけていた。昨日は、蓮根をすり下ろしたのを鰻《うなぎ》のかば焼きにのせて蒸し器にかけたものを食べた。一昨日は野菜炒《いた》めに、一昨昨日の献立は記憶になかったが、知人の演奏会を聴きにサントリーホールにでかけた父親は、舞台天井につり下がる電飾のかたちが蓮根にみえはじめ、冷蔵庫の野菜室にまだそれがいくつもはいったままだったことを思い起こしたらろくに演奏が聴けなかったと食卓の席で言った。蓮根が円滑に消費されるために、家族の人数をふやすべきなのかもしれなかった。父親の再婚相手と、貴子の夫をどこかから調達するのとどちらがはやいのか。それともあたらしく蓮根を用いた料理を覚えるか。昨夜、父親は食事の後片付けをしながら、この切れ目のない皿洗いの果てに老年があると言った。切れ切れにはさまれる立食パーティだのシンポジウムのあとの外食だのがあるとしても、結局、皿を洗って死ぬ運命にある。人は皿洗いの果てに死んでゆくものなのだと言った。

当夜はこの家で眠ろうと決めたものの、ダンボール箱の積みあがったなかで敷布団《ぶとん》をだすという気にはなれなかった。居間の三人掛けソファに横になろうとクッションを端に寄せ、タオルケットや毛布をかぶることにした。石敷きの床のせいで足下の冷気は濃く、二階から旧式の電気ストーブを運んだ。スイッチを入れると、コイルに埃《ほこり》がとりまいているのか、ニクロム線がみょうにあかあかとして燃えたつような音がたった。足の指を折り伸ばすなどして暖をとるうち、足裏がしだいにむずがゆくなった。風呂《ふろ》に浸かりたかったが、隙間《すきま》から迷い込んだ羽虫が浴室のタイルや浴槽に何匹も死んでいた。窓枠に嵌《はま》ったガラスが風でゆすられる。脱衣場にたてかけられてあったおおきな樽《たる》型の木桶《きおけ》を居間に運んだ。ソファの下に新聞紙を敷き、そのうえに桶をのせた。

「あちい」

沸騰《ふっとう》させた湯と水とを交互に注ぎ、足を片方ずつふくらはぎのあたりまで湯に差し入れると、急速に心がほぐれた。ストーブと足を浸した湯の熱で貴子は自分の脈管の流れが速くなるのを感じ、こめかみに手をあて、息をゆっくり吐いた。いっしょに首や肩のこわばりも抜け、ソファに深くもたれ、ぼんやり砂壁に走る罅《ひび》だの天井の木組みだのをながめる。裏地の裂けたカーテンが隙間風で揺れる。竹のしなう葉擦れと、細枝が折れる音も聞こえる。かつてもこうしてソファに寝転び、狸寝入《たぬきねい》りと本式の眠りとの狭間を貴子はたゆたいながら、しだいに眠りにおちこんでいたのだった。

この家は春子の気配と痕跡《こんせき》とにみちていた。春子が他界してすぐ、たいせつなひとを亡《な》くしたときは部屋の模様替えをするのが一番だと貴子の父親は言い、それまで家族三人で暮らしていたところを引き払って、新しいマンションに越した。何もかも暮らし向きを変え、母親の気配は一掃された。ものだけは遺《のこ》ったが、形見の留《と》め袖《そで》も宝石類も生活の記憶をまとってはいなかった。貴子は、春子のことを思い出すたび、それまで忘れていた、という事実の方が重くのしかかってくるのだった。

春子が使っていた二階の一室には、趣味で描いていたことがあったらしい油絵道具のイーゼルと絵の具箱が隅に置かれ、ほのかにテレビン油のにおいがしていた。くもった鏡のはめこまれた化粧台の抽斗からは、ヘアピンとちびたアイブロウ、ロココ調の貴婦人がえがかれた箱入りの紙おしろい、木炭、そこにライターと鳩《はと》がオリーブのひともとをくわえた濃紺のパッケージの煙草《たばこ》が入っていた。和簞笥《だんす》のうちからも、同じ銘柄の煙草がカートンででてきた。隠し置いたことを忘れていたのか、吸いそびれたまま他界したのか、開けた痕跡がなかった。春子は貴子の運動会の応援席や中国料理屋で狭心症の発作をおこしてしょっちゅう倒れた。当人も周囲もそれに慣れていた。レコード屋から、「また奥さん倒れましたよ」と電話がかかってくる。救急車で運ばれることも珍しくはなかった。煙草を吸うことをまわりからきつく止められていたが、春子は「内緒内緒」と、この家でも隠れて煙草を吸っていた。心臓に巻き付いて走る脈をすこやかにしておけば少々の喫煙は問題ないのだと、薄い唇から煙をいきおいよく吐いては喫《す》い、二枚の肺をふくらませた。喫煙することがとやかく言われなかった時代でも、女は滅多に吸わないなどと言われた両切りの、かすかにバニラの香気が混じるその一本を、ひとさし指となか指の間にはさんで火をつける。ときおり、舌につく葉を、自由のきく親指と薬指でつまんで灰皿に捨て、ふたたび煙草をゆっくりと口元に運ぶ。

貴子は、母親がいつ死んでしまうのか、という逃れがたい不安から、死んだことによって、ようやく解放されたのだというきみょうな安堵《あんど》をどこかで得ていた。母親の遺体を運ぶ霊柩車《れいきゅうしゃ》を前に、咄嗟《とっさ》に両手の親指を隠した。隠してから、実母が死んだのだから両方隠す意味はもうないのだろうかと思った。どちらかの手を開こうとしたが、右と左、どちらの指が「母」の親指なのか、貴子にはわからなかった。

春子は、降りしきる雨音と点滴の落ちる速度との不一致が気持ち悪いと言って事切れた。ひと晩もちこたえた日の夕刻のことだった。貴子もまた、母親を失ったかなしみと、安堵と、葬儀の日に吹いていた春風を駘蕩《たいとう》と感じるのどかな心地よさと、そうしたすべてがいっせいに胸に迫り、なにもかもが不一致に思われていた。身体《からだ》が内側から裂けてゆくような、ばらばらの感情が湧《わ》いていた。

春子が死んだ折、最後まで煙草を吸うことを貴子の父親が黙認していたことを知った和雄は激昂《げきこう》し、少しでも障《さわ》りになるかもしれないことを何故《なぜ》避けさせなかったのか、それでも医者かと、厳しく父親を問いただしていた。貴子は精をつけようと親族用にだされた鰻の肝吸いがぬるく、あたためなおしてもらいながらその応酬を聞いていた。母親を亡くしたというのに肝吸いをあたためてもらう余裕がよくあるものだという遠縁の物言わぬ視線を感じ取っていた。私は春子の医者じゃない、本人が吸いたがっていたのにどんな権利があって止《や》めろと言えるのか。父親はしずかに声を返し、いや違う、あなたは間違っていると、和雄は声を荒げていた。以来、和雄は父親と直接ことばを交わそうとはしなかった。

目の前を、母親のすがたが過《よ》ぎる。当時、九歳になったばかりだった娘も母親の享年《きょうねん》を越えてゆく。貴子は同い年となった母親の面影をみとめた。どうして死んだのかという埒《らち》もないことばが頭をもたげる。死人のことはいくらでも思い出せる。たしかめようがないからなのかもしれなかった。貴子は、自分が母親に会えないのは、母親にみられている夢の人だからではないかと思った。母親が起きている間貴子は眠り、貴子が起きている間母親は貴子の夢をみている。自分は夢にみられた人なのだから、夢をいつまでもみないのではないかと、それこそ夢のようなことを、とぎれとぎれの意識のなかで思っていた。明日に差し障るだろうから目をつむる。それでも目は眠りにつかず眠りと眠りの間を漂っていた。

春子が、夏に好んで着ていたペールトーンの夜着のまま歩いていた。静かに歩きまわる音がしていた。死者ではあるが亡霊ではない。薄手の布の擦《こす》れる音まできこえる。横顔に朝陽がとうめいに射《さ》している。過去からのひかりとは思えなかった。それはむしろ、未来のほうからひかりが遡行《そこう》しているようにも思えた。ふいに母親が生きているような気になり、思わず、「ママ」と春子のもとに駆け寄りたくなった。しかしそれはあくまでも面影にすぎない。春子はこちらには見向きもせず、台所に向かっていった。春子は台所で銀ボウルにあげられたおびただしい数のゆで卵の殻をむいていた。彫刻刀でふかく彫られたようにごつごつとしてうっすらと黄みが透けていびつなかたちになったむき卵を春子は皿にのせる。水飴《みずあめ》が熱で焦《こ》がされ、みりんやしょうが醤油《じょうゆ》の煮しめたにおいが漂う。とろ火がつきつづけている。夕立が過ぎ、陽がちらばりはじめた暮れ方のせまい裏庭が、開けられた台所の窓越しにみえる。日陰を好む半夏生《はんげしょう》、小花を咲かせる茎までも紅がかっていた水引草、夏緑性のシダ。窓を越す高木と青桐《あおぎり》の葉裏から雲がはらわれた空が透けてみえる。雨のなごりと風に揉《も》まれた葉のいきれ。ふくらんだ土から這《は》い出した灰褐色のミミズが敷石にのたうつ。窪《くぼ》に雨水がたまるがすぐに干《ひ》る。おぼえようとしてみていたわけでもない光景ばかりが浮かぶ。開け放たれたままの浴室から、シャワーを浴びたあとの石鹸《せっけん》と水道水のにおいがただよう。麻製のランドリーボックスに脱ぎ捨てられたうすいグリーンの寝間着に染《し》みこんだ香水の、セロリにも似たあおいかおりが湿気でふくらみ廊下に流れる。卵の殻をむく春子のそばを風呂上がりの春子が過ぎる。台所の簡素な椅子《いす》にバスタオルすがたの春子が腰掛け、よく冷えた水を喉《のど》をならして飲む。深い息をはいて、低い声で、なにかものをいう。飲んだばかりの水の甘いにおいのする湿った声で、流れる雲の丈高なさまといったとりとめのない夏の会話を誰かと交わす。台所にあらわれた二人の春子が消える。追いかけるが、追いつくことはできない。玄関から春子がたくさんの黒糖饅頭《まんじゅう》を抱えて入ってくる。二階からもまた別の春子が煙草をくわえておりてくる。饅頭を抱えた春子と煙草をくわえた春子がたがいに過ぎり、消えた。貴子はたくさんの母親のすがたで混み合うなかをかき分けながら、ソファに引き返す。春子があらわれては消える。せわしなく部屋の四方に散る。それらがいつの日の春子のすがたかまるでわからない。もとは確かな年代をもっていた瞬間なのだろうがすっかりそれは剝《は》がれおちていた。自分の身が引きつれていたらしい記憶は、家が失《う》せるのと同時に消えてゆくのかもしれなかった。忘れまい、としてどこかで春子を記憶にしばりつけている。生きているもののほうが死者の足をひっぱっていた。それをやめてすっかり忘れてしまってよいのかもしれなかった。

ニクロム線からちりちりと音がする。こうして流れつづける音の一音一音はたしかに減衰して消滅しているというのに、終わりもなくまたはじまりもないように、いつまでも聞こえる。

ざわめきたつような、しずもるような、相矛盾する心地のまま、貴子は自分の熱であたためられ、入眠した。

陽が朝霧をとおして居間のソファにさしこみ、近くを通る新聞配達の音で貴子は目をさました。永遠子からのメールが携帯に入っていた。結局、葉山の家に泊まったことを永遠子に返信した。解体業者が詰め合わせを用意して挨拶《あいさつ》にまわるから必要ないということだったが、貴子は作っておいた挨拶状を隣家に投函《とうかん》した。隣家といっても、右隣は雑木山につづいていて人家は無く、左隣の家もまた軒を接しているほどの近距離ではなかった。その家も別荘として使っているのか、人の出入りしている気配はなかった。郵便受けに工事の知らせをいれた。貴子はそのままながい坂をくだり、海浜を散歩した。夕食をとりそびれ、すぐにでもなにか食べたかったが、早朝の海浜はひっそりとして、どの店もシャッターをおろしていた。ふたたび家に戻ると、「朝ご飯たべていないでしょう?」と、永遠子が弁当と水筒をテーブルに置き、居間に座っていた。

「急いで作ったからおいしくないかもしれない」

卵焼き、ほのかに紹興酒の香りがたった山くらげ、甘酢漬けのカリフラワーのつめられた、ぬくみのある弁当づつみを永遠子はひろげた。水筒にはわかめのみそ汁が入っていた。

「この甘酢漬けおいしいね」

「野菜ならなんでも良いの。にんじん、かぶ、ごぼう」

「蓮根は?」

「もちろん」

貴子は、甘酢漬けの作り方を書いてほしいと頼んだ。永遠子がてばやく近くの紙にレシピを書いていると、和雄から大事なレコードを取り忘れていたから、これから葉山に向かう、と貴子にメールがとどいた。返信を打とうとしていると、和雄から電話がかかってきた。貴子はすばやく永遠子に渡した。

「もしもし、和雄さん?」

突然永遠子が出たことに和雄は驚き、スピーカーからわれるような声をあげた。気軽な時候のあいさつをとりかわしてから、永遠子は携帯を貴子にわたす。和雄は、今から取りに行くとしきりと言う。

「おじさん、今日、会社に用事があるって前に言ってなかった?」

「それよりレコードだよ」

永遠子もスピーカーからもれるはなし声を聞いて笑っている。貴子は、レコードはすべて和雄に宅急便で送るから心配いらないと和雄をたしなめる。永遠子も同意をうながす。それでも和雄は、「発送中に何かあるかもしれないし、とにかく聴きたくなって仕方がないんだよ」と言って聞かない。とりあえずどのレコードを確認したいのかと貴子が問う。

「マニュエル・ゴッチングの『E2-E4』」

アルバムタイトルを聞くなり、永遠子は「知ってる」と声をあげる。ぎっしりレコードをつめたダンボール箱から、チェスボードのえがかれた一枚のジャケットをとりだして貴子にみせた。

「和雄さん、チェスの曲でしょう？」

和雄が驚くよりさきに貴子が驚く。

「とわちゃん、どうして知ってるの？」

「この曲を聴いた記憶があるの。ちゃんとおぼえてる」

貴子は思い出せないと言って、「どういう曲か歌ってみて」と永遠子にせがむと、和雄が「歌えるような曲じゃないよなあ」と笑う。

車のなかで和雄がテープに落として春子ときいていた記憶があると永遠子は言った。春子は、アルバムタイトルの初手「E4」に対して、「C5」と手を指し、そのまま数手つづけたが途中で春子が音をあげて終わったことをはなした。和雄にも貴子にも、永遠子が記憶している車内の記憶がまるでなかった。

「春ちゃんは、シシリアン・ディフェンスしか知らなかったからなあ」

だいたい春子は駒の置き方が雑でそれがまず許せなかったと、永遠子に告げ口をするように和雄は言った。和雄の話を貴子と永遠子は携帯に耳を寄せ合って聞いていた。

「とわちゃん、よくおぼえていたね」

「あのとき、きこちゃんの髪にからまって、すごく変な体勢で座っていたの。眠ろうと思っても眠れなかった。それでよくおぼえてる」

午前の光が居間にしのびこみ、壁ぜんたいが波紋のようにながく光斑《こうはん》を曳《ひ》いていた。光を浴びた貴子と永遠子の影が壁に伸び、ふたりの影がかさなる。それが永遠子の髪と貴子の髪とがつながっているようにみえた。貴子が壁に指をさした。永遠子の短い髪が、影に目を落とすとどうしてかながいようにみえる。「影もからまってる」とふたりで影を指して笑っていると、電話の回線が過去に繫《つな》がっているように思えると和雄が言った。

和雄にむかって永遠子は、葉山の家の近くにあった食料店の自動販売機の脇《わき》に「道路反射鏡はなかった?」とたずね、貴子も「向日葵《ひまわり》は?」とつづけざまに言う。向日葵も道路反射鏡もおなじオレンジ色だけどなあと言った和雄の声が家の外の方から敷石を踏む音とともにしはじめる。貴子も永遠子も驚いて玄関先に向かうと、和雄がやにわにドアを開けて入ってきた。髪をきっちり整えたスーツすがたの和雄をみるなり、永遠子は声をあげて笑う。「驚いた?」と和雄は携帯を切った。

「永遠子ちゃん、ひさしぶり」

はじめは、永遠子といっしょに和雄も笑っていたが、永遠子がいつまでも和雄をみて笑いつづけるのに、和雄はなんで笑われているのかがわからず、「なんかおかしい？」とタイピンを直す。その仕草に永遠子はさらに頬をゆるませた。

和雄はダンボールのうえに置かれた「E2‐E4」に触れて、このオリジナル盤は千枚しか生産されていないとそっとダンボールに納め、永遠子にチェスは指せるのかとたずねた。チェスのことはまったくわからないと永遠子が答えると、本をつめたダンボール箱のガムテープを勝手にはがし、「春ちゃんも読んでいたやつ」と言って、「チェス入門」を永遠子に渡した。今度いっしょに指そうと和雄は言った。

タクシーを待たせてあるからと、梱包《こんぽう》し直そうとあわててつかんだガムテープが和雄の手から滑り落ち、床に転がった。貴子はそれを足先でとめて、自由自在に動く足の指でつかみとって和雄に渡した。

「横着のなせる技だな」

今度、三人でゆっくり食事をしようと和雄は言ってから三人でダンボール箱を外へ運び出していると、和雄はふと視線を上にして、「雲量からしてひと降りあるかもしれない」と言って門前で待つタクシーの後部座席に積み込んだ。貴子もいっしょに空をみあげながら、和雄に春子が毎度買っていた干物《ひもの》屋がどのあたりかわかるかとたずねた。

「ええ。わかんないなぁ」

「きんきだいの干物を買って帰りたいの。おいしいから」

「たぶんそれは地物じゃないよ」

永遠子がふしぎそうに言う。

「そうなの?」

「てきとうに目についたものを買うあたり春ちゃんらしいや」

春子がいつも買って帰ってきておいしかったからと、貴子は父親から頼まれていた。春子は葉山を訪れるたびに、帰りがけにきんきだいの干物を買って帰っていた。家族のなかではそれが葉山に出かけたときのみやげものとして習慣になっていた。春子は地物かどうかも気にせず、ただばくぜんと海に行ったおみやげとして買いもとめ、それを父親がうまいと口にしたから、毎年おなじものを買って帰るようになったのかもしれなかった。

「春ちゃんは、義兄《にい》さんが好きだったからなあ」

　また父親への非難をごちるのかと貴子が思うと、和雄は、あれもだめこれもだめと言い過ぎてかえって春子に可哀想《かわいそう》なことをしたかもしれないと言った。隠れ煙草《たばこ》をみつかった春子が和雄に、

「煙草はだめ、コンサートに行くのもだめ、バターだめ、ジャムだめ、お酒だめ、テニスだめ、だめだめだめだめばっかじゃない。バーベル上げもだめだし」

「なにひとつ守ってないじゃないか」

「テニスもバーベル上げもしてない」

「もとから、テニスもバーベル上げも興味ないだろ。結局それ以外守れていないってことは、やっぱり、なにも守ってないよ」

「してもいい人がしないのと、するなと言われている人がしないのとでは心持ちがちがうわよ」と春子はむくれていた。

　葉山の家にいるときは和雄がいるから表だって吸うことはできなかった。それでも春子の部屋から煙草がカートンででてきたことを貴子が話すと、和雄はどこで吸っていたのかと首をかしげる。永遠子は、門前の木陰に立っていた春子の周囲が、

白く霧がかってみえたことがあったのは、隠れ煙草をしていたからかもしれないと言った。和雄も貴子も、それは間違いなく隠れ煙草だと口をそろえる。あきれ半分のかすかな笑みを三人は木陰にむけた。

去り際《ぎわ》に和雄は、貴子と永遠子の髪は、たしかにむかしからからがりやすかったと言った。

二十五年以上むかしの夏の夜、いつものように布団《ふとん》をならべて貴子と永遠子は二階の一室で眠っていた。廊下を通りかかった春子が部屋の障子がうすく開いているのに気がつき、しめようとして、「ねえ、ちょっと」と階下でレコード雑誌を読んでいた和雄を呼んだ。春子に言われて二階にあがった和雄は、障子の隙間《すきま》から、ちらりとみえるふたりの寝すがたをのぞいた。「ふたりともよく眠ってる」春子はきみょうな顔のまま、「よくみて」とふたりの間を指す。「どこ？」和雄が障子戸をさらに開けてふたりをのぞくと、廊下の白熱灯のひかりが背中合わせで眠る貴子と永遠子にあたる。光線の加減からか、ふたりの髪と髪とがひとつなぎの束としてみえた。ふたりの髪はともに肩を越すほどではあったが、背中合わせで眠るたがいの髪と髪とは届きようのない距離だった。畳にのびた影かなにかの錯覚にすぎないのに、それがながながとした髪のようにみえる。その黒い束が貴子の髪から永遠子の髪へとつながり、どこからが影であるのか、どこからどこまでがふたりのそれぞれの毛髪であるのかがわからなくなっていた。

和雄とちょうど入れ替わりに、リサイクルショップの店員が荷運びの青年を連れだっておとずれた。顕微鏡、柱時計、琺瑯鍋《ほうろうなべ》、寸胴鍋《ずんどうなべ》といった調理器具、什器《じゅうき》、電気ストーブを引き取り、おおぶりの家具もひとつひとつ見てまわり、箪笥《たんす》二棹《さお》、食器棚を青年たちは運んでいった。食器棚には、貴子も永遠子も重くておろせなかったおおきな壜《びん》に、いつのものとしれない、干しかんぴょう、きくらげ、ぜんまい、ビーフジャーキーといった乾物がはいっていた。青年がいぶかしげに海洋生物の液浸標本のようにもみえる月下美人の焼酎《しょうちゅう》漬けをみた。発注ミスで行き場がなくなった50リットル入りの理化学医療用標本壜を貴子の父親が引き取り使っていたもので、永遠子には厚みのあるガラスに入った乾物が、化石や恐竜の肉片のようにみえていた。どれも二束三文の値しかつかないなかで、玄関の脇に置かれてあった大壺《つぼ》にだけおもわぬ値がついた。来歴は知らなかったが、傘立てがわりに玄関脇に置かれる前は居間の隅にあった。和雄のいない隙を狙《ねら》って酒を飲んだ春子が、霑酔《てんすい》の末にそこに嘔吐《おうと》したこともあった古色を帯びたそれを、「これもいただけますか？」と壺に深く顔を埋めて青年はたずねた。

本を発送し、午後早々に作業は終わった。二階にあがり雨戸をすべて閉め終えて手を洗っていると、かすかに軒をつたう雨音がひびきはじめた。

「さっきまで晴れていたのに」

「和雄さんの言った通りだね」

永遠子が居間の窓枠に手をかけて軒をみあげた。

「どうしよう傘がない」

あまり困った様子もなく貴子が言う。

「私も持ってない」

家の内部にはいくつかの空隙《くうげき》ができたというばかりで思ったよりかわり映えがしなかった。ガス台にやかんがのったままになっている。雨が止《や》むのを待とうと、永遠子はなにか飲もうかと言ってやかんを火にかけた。居間に残された引取先のないソファにふたりで腰をかける。湯が沸くと貴子はそのままマグカップに湯をそそいだ。永遠子はリサイクルショップの明細を手にとり、コーヒーを片手に、のばしたり近づけたりさせながら、「すこし老眼が入ってきて」と目を細める。軒から雨水がきりなくおちる。雨がうすもののように軒におちかかりあたりをゆがめていた。

「雨の日の白湯はやっぱり甘い」

コーヒーも紅茶も雨の日のほうがまろやかな味になると春子は言っていた。

「なぜだろう」

永遠子が首をひねる。水道局が塩素の量を調節するからだと春子は貴子に説明していた。永遠子は貴子の白湯をひとくち飲むが違いはわからなかった。貴子は、ふだんから白湯を飲まないとわからないと思うとすこし誇らしげに言って、ふたたびマグカップにくちびるをつける。

「とわちゃんのコーヒーのかおりがうつってる」

雨が蕭蕭《しょうしょう》とつづき、二階から飛び跳ねるような音が聞こえる。樋《とい》を打つ雨音に違いないはずが、それが死者か面影かそれともべつのなにかの音であるように永遠子は聞きなしていた。貴子も永遠子も天井に目を向ける。貴子が雨音にあわせて、右手のなか指を曲げて音に添うように叩《たた》いた。その仕草に、貴子はやはり春子の子どもであると永遠子は思った。室内に落ちかかる光線が鈍くなったかと思えば、雨音だけを残して貴子と永遠子の横顔が西日に照らされ、光線の綾《あや》によって影が皺《しわ》をつくる。かわらず雨が降るなか雲がながれて空が明るくなる。互いのすがたが灰ずんだひかりに照り、急に老女のようにみえる。影に浸されて、濃密な影がたがいの顔にかぶさりみえなくなる。雨はきりなく落ち、敷石に撥《は》ねかえる音がつづく。沈黙のなか、こうした雨は気象学では何というのか。粗雑なことばが永遠子のなかでいくつか浮かんだ。たしかに雨が降っているはずの庭は、照ったり曇ったり天気が変わっているようにもみえる。瞬間と永遠とがもつれてふとしたうちに百年千年と経《た》つようだった。コーヒーも白湯もすっかり冷めている。こうしているうちに百年と経つ——と、永遠子の頭に浮かんだことばが、貴子のくちびるからものぼった。雨があがるころ、明るみもはらわれてすっかり夜となっていた。雨があがってもなお天井の音は響きつづけた。なつかしいようなはじめてのような物音がずっと聞こえていた。家が失《う》せるとともにその音もいずれ消えるだろうと貴子は思った。幼かったふたりの踵《かかと》が天井から響いているのかもしれなかった。その物音が自分たちとひとつながりであるようには思えなかった。しかしそれはそれで構わないことだとふたりはべつべつのことばで思っていた。

「満月」

空にぽっかりと月のではじめたのを永遠子がみとめた。

「子どものころはもっとおおきくみえた」と、貴子はうっすらと口をひらいたまま月をみている。

「地球から遠のいていているからね」

「遠のいてるの？」

「年間、約三・八センチ地球から遠くなるの。子どもの図鑑に書いてあった」

永遠子は自分が生まれてからいままでどのくらい月と地球とが離れたのかを暗算した。

「三・八センチ×四十年＝一五二センチ」

永遠子は家計のこと以外にひさしぶりに計算をしたと思った。ちょうど自分の背丈と同じだと永遠子は貴子に言った。貴子には永遠子の背がすこしおおきくみえた。

「子どものころの月のほうがおおきいのか」

「恐竜の時代、古生代にオウムガイのあびていた月はもっとおおきいね」

「あれ」と、貴子が片目をしばたたかせて涙をこぼした。

「また睫毛《まつげ》入ったの？」

「いたい」

「みせて」

乱暴に目をこすろうとする貴子の手を永遠子は制す。

「つめたい」

永遠子の手が貴子の顔に触れる。貴子の肌はむかしとかわらず熱かった。

「とれた」

永遠子が手を離そうとすると、「ありがとう」と言う貴子のしめった息が手首のうらにかかった。ひとしきり後部座席でふれあいふざけあったときの貴子の体温や重みが迫った。かつてみた夢に会いに来ているようだと永遠子は思った。

＊

ふたりは食料店の一角に横目をやり、暖簾《のれん》の仕舞われた菓子屋を過ぎて、坂道をおりる。道路はすっかり濡《ぬ》れ、行き交う車のヘッドランプが車道をゆらす。子どもの乗る自転車が勢いよく過ぎさる。背後からバスがふたりを越し、松葉の影のかかったところで圧を抜く音をさせて停まる。傾《かし》げた車体から幾人か降りる。ふたりは駆けって海岸回りのバスに乗った。暮れ時をすっかり過ぎたあとの人気のない車内で、左側の席だと海が見えると永遠子にうながされて貴子は窓際に座った。

「じきに冬だね」

夜になるとすこし冷えると、永遠子が手をひらいたりとじたりさせていると、「とわちゃんの手はいつもつめたい」と貴子が手をかぶせた。そろそろ海鵜《うみう》が三浦半島の突端の城ヶ島まで冬を越しに来る。貴子は、海鵜をみたいとごねたことも、水族館に出かけたことも、すっかり忘れていた。

「なんだかいろいろなことを忘れてる」

「きこちゃん、ちいさかったもんね」

それでも、いっしょに顕微鏡で雪の結晶をみた日のことは、はっきりとおぼえていると貴子は言った。

「雪の結晶を？」

「そう。顕微鏡でのぞいたでしょう。よくおぼえているの」

「あの日、雪は降らなかった」

「降ったよ」

「あれは凍雨だったよ」

「凍雨？」

「だから結晶はみられなかった」

もしかしたら雪になるかもしれないと昼食時に和雄が言ってから、永遠子は顕微鏡で雪の結晶を観察しようと、窓に気を配りながら過ごしていた。夕刻、たしかに空もようは変わった。降り出したのは雪ではなくて凍雨だった。

「でも、きこちゃんのなかでは、ほんとうのことになったんだね」

貴子は髪や顔を濡らして軒で降り落ちる雪片を採取しようとする永遠子の手の赤みまで記憶していた。しかし、浮かびあがる正六角形の結晶を思い返そうとするとたちどころに像がとける。とうめいな幾何学模様は、永遠子といっしょにみていた図鑑で見知った画像なのかもしれなかった。六花、十二花とはしゃいだ永遠子の声しか記憶になかった。

右に左に車体が曲がりふたりの肩もいっしょにかしげて触れあう。明日は全身筋肉痛だろうという心地よい疲労感にみちていた。防塵《ぼうじん》用のブルーシートで家の四方が囲まれるのも、重機が家をほっくり返すといった作業も想像の外だった。逗子駅に着くとふたりとも黙ったまま手を振って別れた。貴子は、改札口の電光掲示板に湘南新宿ラインの文字をみとめ、乗り場まで小走りで向かった。帰りの電車に乗った途端に気が抜け、すぐに眠気が来た。車内の暖房の音がこもる。ドアの脇《わき》に身をもたせかけながら、みなれない街並みを半睡のうちにみとめた。照らすナトリウム灯が切れ目なくつづき、電線が複雑にしかしもつれることなくつながる。車内のひかりが反射して貴子の顔と真向かいの乗客のすがたとが車窓に半透明にかさなりあう。行きの車窓とまるでちがう速度で過ぎ去ってゆく。ひかりより疾《と》く過ぎ、このまま時間を越えてゆきそうだと思えたが、それは夜のせいなのかもしれなかった。

貴子は帰宅してすぐ、永遠子から教わったとおりに、蓮根《れんこん》の甘酢漬けをつくった。それでもまだ蓮根はあまっていた。あとは父親に何とかしてもらおうと貴子は着なれないエプロンを脱いだ。髪がむずがゆい。安堵《あんど》と疲労とがまだらにきていた。ひとまず風呂《ふろ》に入ろうと、浴槽にたっぷりと湯を張り、浸かった。

すっかり更地となっている。門も敷石もとりはらわれ、どこが居間であったか、廊下であったか、捨てきれなかったものひとつなく、四方をめぐる草木と平《なら》した土だけがそこに家があったことをしめしている。気配も面影も立つことはない。夜が来ては明け、日によって晴れたり曇ったりし、雲量によっては雨も降り、音なく雪が垂《しず》れる。更地から生え始めた草木は、季節によって、枯れては芽吹き陽がのびればそれだけ茂る。果実は熟れては落ちる。そうした天象の一瞬一刻がくりかえされることなくくりかえされる。

貴子の頭頂部は浴槽の縁にかろうじてささえられてはいたが、顔のほとんどは沈みこみ、入浴剤を溶かしこんだ湯をのんでむせた。蛇口から直接口をゆすぐ。家はなくなるが人は残るのか。貴子はうまれてはじめて夢をみた。どうせならもっとあえかなものをみたいと思ったが、自分の都合でみられないのが夢であるのかもしれなかった。

風呂からあがると、携帯に永遠子からのメールが届いていた。「おつかれさま」とはじまる三四行の簡素なもので、「今度遊びましょう」と候補日がいくつかあげられてあった。手帳を開いて符合する日を探してから永遠子に返信した。

髪を乾かしながらベランダをみると、新月に近い月がでている。月というより、薄曇りの空に亀裂《きれつ》が走っているようにみえる。裂け目からまた大百足《むかで》がでてきたら嫌だなと昨昼のことを思い起こしてから、さっきみた月はたしか満月であったはずだと思う。しかし、いまみている月をただ月としてみていればそれでよいのかもしれないと貴子は思った。

外でオートバイが通り過ぎ、ベランダの磨《す》りガラスにもそのひかりがあたる。貴子の父親が帰宅して、蓮根の甘酢漬けに感嘆する。粗熱のとれたそれを冷蔵庫にしまいながら、貴子は父親に、きんきだいの干物《ひもの》は地物でなかったことを話すうち、夢をみたことなどすぐに忘れていった。

解説

町田康

これまで何度も行ったことがあり、初めて行ったときこそ少々まごついて、間違ってはならないと思うから、怠りなく周囲の様子を観察してようやっとたどり着いたようなことだったが、二度目からはもう少し楽になって、三度目以降は鼻唄《はなうた》混じり、まったく別のことを考えていても脚が勝手に動いてたどり着く。

みたいな場所にいつまで経《た》ってもたどり着けないのはどういう訳だろうか。行けども行けども、見慣れない店、見慣れない看板に行き当たるばかりで、いつもの道に戻れない。

なんてことがあって、なんであんなことになるのだろうか、と後々に考えてみてわかったのは、いつも左に曲がるその曲がり角の右の店の店頭に、美人の顔が大写しになった巨大なポスターが貼《は》ってあって、自分でも意識しないことだったが、実は自分はそれを目当てに左に曲がっていたということだった。

つまり、ずうっ、と歩いていて、曲がり角の右側に、大きな女の顔が出てきたら左に曲がる、と心得ていたのにもかかわらず、それが出てこないものだからそのまま真《ま》っ直《す》ぐ進んでしまい、その後も大きな女の顔が現れないため極度の不安に見舞われ、恐慌状態に陥って、通常の判断力をも失《しっ》してしまったのである。

と言うと、女の巨顔が出てこないくらいでパニックになるなんて、なんという精神の弱い奴《やつ》だ。よいセミナーがあるから紹介してやろうか。と言う人が出てくるかも知れないし、或《ある》いは、そんなことあるかあ？　と疑う方もあるかも知れない。というのは、一般的に道順を覚える際、そんな覚え方を果たしてするだろうか？　という疑いで、例の左に曲がるような場合でも、女の顔というのではなく例えば、化粧品店の角、という風に覚える。同様に、黄色いプラスチックの箱が無闇《むやみ》に積み上がった場所、というのではなく酒屋のところ、と、いまどき見かけない質感の赤い鉄でできた円い筒が設置せられたるところ、というのではなく郵便局の前、という具合に覚える。というか、もっというとさらによいのは、そんな風にその場所をひとつびとつバラバラに覚えるのではなく、それらを互いに関係づけて覚える。化粧品店のところを左に曲がって次に酒屋の角を右に曲がって次に郵便局の角を左に曲がる、という風に覚えれば、間違いがないし、普通はそんな風に覚えるし、人に説明するときもそんな風に説明するのではないか。

と、言われてみると確かにその通りで普通はそういう風に覚えている。三つ目の信号右折、とかね。というか言われて言うのもなにだけれども、さらにもっと言うと、大抵のところには何丁目何番地、と番号が振ってあるし、道や交差点には名前がついているのだから、環七を通って大原交差点を左折、なんていう風に覚えればさらに間違いがない。

というのはどういうことかというと、だからそのときどきに目に映って耳に聞こえて強い印象を受け記憶に残ったもの、すなわち、女の顔、とか、郵便ポストとか、道路反射鏡、おばはんの歌声、といったもので覚えるのではなく、いまも言うように、一の場所と二の場所と三の場所、四の場所をそれぞれ関連づけて覚える、というよりは把握するということである。言い替えれば前後の脈絡のなかで覚えるということ。さすれば道に迷うことなく目的地にたどり着くことができる。

というのは道順を覚える際の話だけれども、あるときにある出来事があったことを覚える際も前後の出来事と関連づけて脈絡のなかで覚えると覚えやすい。というのは例えば、源頼朝という人が鎌倉幕府を開いた、ということを覚える際、ただそれだけを覚えようとしても他の、坂上田村麻呂が征夷《せいい》大将軍に任ぜられた、とか、徳川家康が食あたりで死んだ、といったようなことと混じこってしまって覚えられない、そこで、それまで平氏ばかりが権益を独占していてむかついていたのでこれを滅ぼした、という風に把握すると、あ、なるほど。むかついたから滅ぼしたのか。そいで幕府始めたのか。と脈絡のなかで覚えることができるのである。

よかったなあ。これでなんでも覚えることができるし、目的地にも迷わないで辿《たど》り着くことができる。本当によかったことだ。炊《た》こうかな。赤飯。というようなものであるが、果たして本当にそれでよいのかな、とも思うのは、なぜ自分がそうしたいちいちのことを覚えようと思うのか、と思うからである。

なぜ自分は道順を覚えようと思うのか。勿論《もちろん》、迷わないで目的地に辿り着きたいからに決まっている。ではなぜ歴史を覚えようとするのか。それは試験問題を解くために決まっているが、それだけではないような気もするのは、過ぎていく時間のなかで自分の存在が不確かで不安なので、自分にも他人にも共通の確かな過去がある、と思いたい気持ちもあるのではないか、と思うからである。

　ということはそれは当然、個人の歴史にも及ぶ。なぜなら、源頼朝が鎌倉幕府を開いた、ということを記憶し、「うん。鎌倉幕府、開いた、開いた。やったー」と声に出して言ったところで、自分の存在が確かなものになるわけではないが、個人の歴史、すなわち、あのとき私は某と話した。あのとき私は登山をした。あのとき私は酢漬《すづけ》を食べた、なんてことを覚えていれば、アーメン、まさにその通りです。あのときあのようなものを見てあのように思った自分は間違いなくここに存在します。あれは自分、これも自分。まさに一本筋の通った自分でございまする。と言って安心することができるからである。

　しかし。じゃあそれで完全に安心するかというと、そんなことはなく、というかそんなことを思う度にますます先行きの不安が増大して、こんなに苦しいのならいっそひと思いに……、とまでは行かないにしても、なんとなく不確かな、ぐらぐらした感じが残る。

　なぜ残るのか。それは私は詳しいことはわからんけれども、そうしてものを覚えるときに脈絡のなかで覚えているからではないか、と思う。

というのは脈絡のなかで覚えると、右に言ったような、そのときどきに目に映ったり、耳に聞こえたりしたものは大抵が関連づけられないものとして放置され、そのうち忘れられてしまうが、しかし実はそれがそのときもっとも印象に残ったものであったかも知れないからである。

先ほどの例で言えば、そこに巨大な女の顔がいつも在ったのだけれども、それは町並みの脈絡を欠き、また、その前後の自らの行動とも関連づけられないので、これをなかったことにして、そこに在ったのは化粧品店だったということにする。しかし実はそのときそこに見ていたものは巨大な女の顔であり、それをなかったことにするため、なにかを忘れているような、というか実際に忘れているのだけれども、ああ、なんか絶対あったのだけれどもそれがなになのか思い出せない、みたいな不確かなグラグラした感じになる。

しかし、そのグラグラした感じに対抗できるのは脈絡しかないので、いろんなレベルで脈絡を強化していく。脈絡強化週間、脈絡強化月間、脈絡強化年間を重ねる。そうすることによってグラグラした不確かな感じが段々なくなってきて晴れやかで爽《さわ》やかな毎日を暮らせるようになる。それが歳《とし》をとる。年齢を重ねる。ということである。

というのはそれはそうなのだけれども、脈絡を強めれば強めるほど、棄《す》てるものも増える。それは家を綺麗《きれい》にすればその分、ゴミが出るのと同じことである。眠っているとき夢を見るが、夢というのはそうして棄てられた女の顔や鉄でできた円いものやなんかの脈絡に対する抵抗であろう。

ところで小説を書く場合はどうかというと、やはりそうした脈絡は大事で、前後の脈絡を欠いて突然、行く手に巨大な女の顔が現れたり、主人公がいきなり幕府を開くなどしたら小説世界が不確かでグラグラしたものになる。そこで小説家は脈絡がなくならないように注意して小説を書くが、しかしそこにはどうしても面白味というものが必要になってくるのであり、甲は饂飩屋《うどんや》に入りて饂飩を誂《あつら》へた。乙が饂飩を運んできた。乙は饂飩店員であつた。というのでは当たり前すぎて面白味がない、そこで、甲は饂飩屋に入りて饂飩を誂へた。乙が饂飩を運んできた。乙はなんと二十五年前に別れた甲の母であつた。といったようなことにして面白味を出そうとするのである。

とは言うもののそれはどれだけ巧《たく》んでも所詮は変奏に過ぎず脈絡の範囲内に留ま

る。そこで、というので一切の脈絡を廃し、夢のように脈絡に抵抗して書いたらさぞかし面白かろう、という目論《もくろ》んだ小説もあるが、そうした小説は面白味があるのだけれども読むとまったく面白くないという弱点があり、骨折り損の草臥《くたび》れ儲《もう》けになる場合が多い。

という訳で、小説なんてものはねぇ、所詮脈絡なんだよ。死のうかな。と、濁声《だみごえ》で思っていた。にもかかわらず、まだ生きているのは本書『きことわ』を読んだからである。

本書には、人の現在の行き止まりにその人の過去が衝突して撓《たわ》み、何重にも重なってその人の、またその人に映じたまた別の人のそのときどき瞬間瞬間の色や匂《にお》いや音が同時同所に現れる様子が繰り返し描かれるが、それは普通は、フツーに凡庸で甘美な追憶に過ぎない。言い替えれば誰もが見る脈絡のゴミ、単なる夢に過ぎない。しかるに作者はそれを見事な小説にした。と言うと、えええええ？　Really？　夢と脈絡は同居できないのとちゃいますのんかい？　と驚くかも知れないが、読んだ人は判《わか》る通り、本書においてはその奇蹟《きせき》が全頁《ページ》に顕現している。

そこには夢と脈絡が調和を保ち、いずれ死ぬる私たちが平生、けっして感知・感覚できない景色がある。本書を読むとき私は、死ぬまで、そして死んでからも永遠に夢のなかでこの小説を読んでいたいと思った。そのときどきでもっとも浮かび上がるものを感知していると思った。本書は官能という言葉の本来の意味での官能小説である。読み終わるとき心は更地。雲量が増して雨の予感がする。そして実際に降ってくる。おどろく。おどる。おどどど、と喚《わめ》き散らしてシャッポーを回す。この世を夢と悟り、自分が夢に見られた人であることを知る。すげえ。

（平成二十五年六月、作家）

この作品は平成二十三年一月新潮社より刊行された。

朝吹真理子著
流跡
ドゥマゴ文学賞受賞

「よからぬもの」を運ぶ舟頭。水たまりに煙突を視る会社員。船に遅れる女。流転する言葉をありのままに描く、鮮烈なデビュー作。

堀江敏幸著
いつか王子駅で

古書、童話、名馬たちの記憶……路面電車が走る町の日常のなかで、静かに息づく愛すべき心象を芥川・川端賞作家が描く傑作長篇。

堀江敏幸著
雪沼とその周辺
川端康成文学賞・谷崎潤一郎賞受賞

小さなレコード店や製函工場で、旧式の道具と血を通わせながら生きる雪沼の人々。静かな筆致で人生の甘苦を照らす傑作短編集。

堀江敏幸著
河岸忘日抄
読売文学賞受賞

ためらいつづけることの、何という贅沢！ 異国の繋留船を仮寓として、本を読み、古いレコードに耳を澄ます日々の豊かさを描く。

堀江敏幸著
おぱらばん
三島由紀夫賞受賞

マイノリティが暮らす郊外での日々と、忘れられた小説への愛惜をゆるやかにむすぶ、新しいエッセイ／純文学のかたち。

橋本紡著
流れ星が消えないうちに

忘れないで、流れ星にかけた願いを――。永遠の別れ、その悲しみの果てで向かい合う心と心。切なさ溢れる恋愛小説の新しい名作。